NOS

PETITS JOURNALISTES

PAR

LÉON ROSSIGNOL

AVEC PORTRAITS D'APRÈS LES PHOTOGRAPHIES DE M. E. CARJAT

PARIS

LIBRAIRIE GOSSELIN

17, BOULEVARD SÉBASTOPOL

—

1865

3/ou 150 — 450 — 450
3/ 300 — 900 — 1350
3/ 750 — 2250 — 3600
3/ 1000 — 5000 — 9600

73

NOS

PETITS · JOURNALISTES

— 9600   + 2400   suivi
              + 2250   des

IMPRIMERIE L. TOINON ET Cᵉ, A SAINT-GERMAIN.

1. Commerson.	7. Aurélien Scholl.	13. Villemot.
2. Léo Lespès.	8. Henri Rochefort.	14. Gabriel Guillemot.
3. De Villemessant.	9. Pierre Véron.	15. Victor Koning.
4. Monselet.	10. Carjat.	16. Adrien Marx.
5. Albéric Second.	11. Bourdin.	17. Albert Wolff.
6. Jouvin.	12. Cham.	etc. etc.

MA PRÉFACE

Elle sera courte.

Cela pour deux raisons :

La première, c'est que le lecteur aime peu, en général, les bagatelles et les coups de grosse caisse de la porte. Ayant donné ses trois sous, il veut de suite entrer dans l'arène, il veut de suite voir le monstre.

La seconde raison, la voici : il n'appartient qu'aux académiciens qui roupillent sous la coupole du palais Mazarin, de délayer en vingt pages d'un style pâteux, grimaçant un faux sourire et un enthousiasme hypocrite pour un sujet, trop souvent condamné d'avance, ce qu'il serait si facile de dire en quelques lignes.

Je ne suis qu'un rapin de lettres, un atome, un rien, à peine un diminutif de Commerson, de Villemessant, de Koning.

Or, voici ce que j'ai voulu faire : réhabiliter les petits journalistes. —

En ma qualité d'apprenti, je ferme tous les soirs les volets de la boutique; suffisamment nourri dans le sérail, j'en connais les détours; j'ai goûté à tous les bocaux, j'ai débouché tous les flacons, ma main s'est égarée dans tous les sacs, et j'ai écrit ce livre.

Les petits journalistes !

Mais il ne faut pas se le dissimuler, à l'heure actuelle, ils comptent.

Ils sont une puissance.

Seulement, le bourgeois, l'affreux bourgeois qui s'étonne de tout, le bourgeois candide que je croyais parti, caché dans les plis du manteau de Louis-Philippe, voyant surgir depuis 1848 des noms nouveaux, des noms qui resteront, s'est dit ceci : Quels sont ces gens-là? pourquoi leurs portraits au coin des carrefours? pourquoi leurs feuilles sur la table du café où je remue l'ivoire?

Bourgeois, sois heureux !

C'est pour toi que j'ai pris la plume, comme autrefois Henri Monnier. Mon livre est destiné à t'instruire, toi, ton épouse, ta fille cadette, ton fils couronné au grand concours et jusqu'à la femme de ménage qui t'apprête tes épinards.

Car pour toi comme pour les tiens, un petit journaliste, c'est le dernier mot de l'humanité souffrante et rageuse. Tu ne te le figures que la crasse au collet, des trous au coude, le ventre vide, les souliers éculés, le venin aux lèvres.

Tu te trompes, ils ne sont pas aussi horribles que cela.

Ils portent, parole d'honneur, des paletots ouatés l'hiver ; ils sont, la plupart, pères de famille comme toi ; seulement ils ont quelque chose de plus que toi, et ce quelque chose-là s'appelle l'esprit.

Un dernier mot : Si tu me demandes d'où je viens, où je veux aller et pourquoi je perds aujourd'hui mon temps à t'adresser la parole, je te répondrai par ces vers d'Alfred de Musset :

> Eh bien, en vérité, les sots auront beau dire,
> Quand on n'a pas d'argent, c'est amusant d'écrire.
> Si c'est un passe-temps pour se désennuyer,
> Il vaut bien là bouillotte, et si c'est un métier,
> Peut-être qu'après tout ce n'en est pas un pire
> Que fille en'retenue, avocat ou portier.

Décembre 1864

COMMERSON

Je suis heureux de placer ce nom en tête
de ce petit volume, car si je dois à quelqu'un
de l'écrire aujourd'hui, c'est bien à Commerson, au vrai Commerson, un petit journaliste,
celui-là, qui n'a jamais abandonné son drapeau.

Commerson m'a fait, si je puis m'exprimer
ainsi. C'est lui qui m'a pris par la main, c'est
lui qui, le premier, m'a dit : Avec un peu de
courage, de bonne volonté et de l'esprit une

ou deux fois par numéro, vous pouvez espérer vivre un jour de votre plume.

Commerson ne s'est pas trompé. Voilà cinq ans qu'il m'a tenu ce langage paternel; depuis, il m'appelle son fils, sa caisse m'est ouverte à la fin de chaque mois, et je vous assure que je ne m'en porte pas plus mal. Je me suis bien attiré, il est vrai, quelques haines, mais si je les compte par dizaines, mon rédacteur en chef les compte par centaines, et M. de Villemessant par milliers.

Tout n'est pas couleur de rose dans le métier de petit journaliste!

Je ne sais pas au juste l'époque de la naissance de Commerson, mais ce que je puis assurer, c'est que le jour où il a poussé son premier cri, le canon des Invalides n'a pas tonné et que le *Moniteur* est resté muet.

Le spirituel rédacteur en chef du *Tintamarre*, à en juger par sa marche, sa chevelure argentée, son jabot et ses allures, doit avoir quelbue chose comme soixante-cinq bonnes années, — ce qui ne l'empêche pas de se rendre tous les matins de la rue Charlot à son bureau de rédaction avec la même exactitude qu'un employé craignant de manquer la feuille de présence.

C'est pénible à dire, Commerson porte un jabot et demeure rue Charlot. Il est marié, et son petit intérieur m'a paru être, la première fois que j'ai eu l'honneur insigne d'y pénétrer, celui d'un bon bourgeois ayant passé trente années de sa vie au milieu des denrées coloniales.—Vous pouvez admirer dans sa chambre à coucher les gravures de Jazet d'après Horace Vernet, que tout bon bourgeois est fier de posséder, et dans sa bibliothèque, les œuvres de Voltaire, édition Touquet.

En dehors de ses rédacteurs, il ne reçoit d'autres hommes de lettres que d'honnêtes commerçants. — Je ne l'ai jamais vu fumer le moindre cigare, boire le moindre verre d'absinthe, lire le moindre journal politique.

Excepté les jours de première ou la veille

de la mise en page, il est couché à dix heures.
Enfin, il est membre du conseil municipal du
Raincy !!!!!

Voilà l'homme, le joli petit vieillard, que
certains imbéciles ont représenté comme le
Robespierre, le Danton du petit journal.

Commerson a, je crois, été clerc d'avoué ou
de notaire. Sa vocation littéraire s'est dessi-
née le jour où un heureux hasard a fait tomber
entre ses mains les *Pensées de Pascal* et les
Maximes de la Rochefoucauld.

Il avait trouvé un genre, découvert une
mine inépuisable de gaieté; il avait écrit sur
son calepin ces deux titres abracadabrants :
Rêveries d'un étameur, — *Pensées d'un emballeur.*

Un académicien, que je me garderai bien
de nommer pour ne pas lui faire de réclame,
m'a dit un jour en me parlant de ce dernier
recueil: « Mon cher monsieur, c'est tout simplement un petit chef-d'œuvre. »

Mon académicien avait raison.

Dernièrement, le *Moniteur* en faisait le plus grand éloge. — Ceci est sérieux, et, si j'eusse prévu écrire un jour la biographie de Commerson, j'aurais certainement mis de côté cet article (de Sainte-Beuve, je crois), pour le citer ici en entier.

Quoi de plus drôle, en effet, que ce livre tout petit, tout petit, mais où chaque mot, chaque point, chaque virgule est un trait d'esprit?

Je ne puis résister au plaisir d'extraire quelques lignes de la préface des *Rêveries d'un étameur.*

Le style c'est l'homme, a dit M. de Buffon. — Commerson est tout entier dans les quelques lignes qui vont suivre.

« Étamer la casserole du cœur humain, récurer le chaudron de l'intelligence, et rapiécer la faïence de l'esprit, telle est la pensée folichonne et humanitaire qui a dicté ce livre.

» Deux mots seulement sur son origine.

» Un homme s'est rencontré, d'une profondeur d'esprit incroyable, — si incroyable,

qu'elle pouvait passer pour absurde. Auver-
gnat raffiné jusqu'au pataquès, timide comme
la violette, modeste comme Alexandre Dumas, discret comme une vieille portière, ma-
lin comme Gribouille, — et de plus étameur.
Compatriote de Blaise Pascal, il a puisé dans
ce compatriotage le désir de faire voir à la
France de quoi un gaillard de sa trempe était
capable comme penseur solide et abondant,
il a voulu résoudre aux yeux de l'avenir ce
problème si difficile pour l'économie bien con-
nue des Auvergnats : *des pensées sans compter*.

.   .   .   .

.   .   .   .

.» En présentant dans le monde les rêveries
fraîches écloses du Blaise Pascal au maillot,
l'auteur n'a voulu rien changer, absolument
rien, à l'allure porteur d'eau de la phrase et
à la souplesse auvergnate des périodes. Par
égard pour quelques oreilles délicates, il a seulement supprimé tous les *fouchtra*. »

Tirées à quelque chose comme onze mille

exemplaires, les *Pensées d'un emballeur* sont
aujourd'hui une rareté bibliographique.

Gustave Doré ne les a pas encore illustrées,
la maison Hachette ne les a pas encore réédi-
tées, — mais je suis sûr que ça viendra.

Et la collection du *Tintamarre*, parlons-en
un peu, s'il vous plaît; M. de Villemessant a
tant fait de bruit, il y a quelques mois, avec
celle du *Figaro!*

La collection du *Tintamarre*, qui ne comprend rien moins que vingt-quatre années,
mais c'est tout simplement l'histoire littéraire
de notre époque, je n'ose pas dire l'histoire
morale et politique. Que de noms connus, que
de célébrités sont venues forcément s'asseoir
sur la selletté de Citrouillard! que d'hommes
de lettres, que d'hommes d'État, que d'avoués,
que de notaires!

Si Commerson voulait, il ferait rire jaune
bien des rédacteurs du grrrrrrand format en
leur rappelant leurs courbettes, alors que tout
jeunes, timides et tremblants, crottés jusqu'à

l'échine, ils venaient le supplier de leur ac-
corder l'hospitalité plus qu'écossaise de ses
colonnes tintamarresques.

M. Bourdin veut à toute force des auto-
graphes curieux, qu'il s'adresse à Commerson, et il sera satisfait.

Un dernier mot : mon redacteur en chef est
un vaudevilliste d'infiniment d'esprit ; il est
l'auteur de quarante vaudevilles représentés
avec succès sur nos principales scènes.

Journaliste honnête et convaincu, auteur
dramatique distingué, Commerson vivra plus
longtemps que ce que vivent les roses, je vous
le certifie, et le jour où il quittera ce monde
pour un monde meilleur, ses amis, ses rédacteurs, ses enfants, comme il aime à les appeler, ne seront pas les seuls à le pleurer.

Mais Commerson est solide, et ce jour-là,
espérons-le, ne sera pas demain.

Signe particulier : Commerson a horreur
de la flanelle et du répertoire classique.

DE VILLEMESSANT

Je ne connais pas M. de Villemessant et je le regrette sincèrement.

Au dire de plusieurs de mes confrères qui, plus heureux que moi, ont eu quelques relations avec lui, c'est un homme charmant, bien carré, d'une franchise, d'une probité et d'une loyauté des plus rares.

J'emprunte à Commerson quelques détails sur Villemessant, détails que je cueille déli-

catement dans ses *Binettes contemporaines*. J'ai
tant donné de copie à l'autocrate en chef du
Tintamarre, que je suis sûr d'avance qu'il me
pardonnera de pénétrer aussi ouvertement
dans son verger et de lui manger quelques-
unes de ses pommes... je me trompe, quelques-
unes de ses lignes.

« Hippolyte de Villemessant est né un jour
de poisson d'avril, à Varsovie, de parents
nobles et millionnaires, qui ont *évu* des malheurs lors de la tourmente révolutionnaire,
comme disaient les muscadins. Sa grand'-
mère, madame de Saint-Loup, supérieure des
dames blanches de Blois, l'a élevé un peu à
la façon de Jean-Jacques. Cette brave et digne
femme n'a oublié qu'une seule chose concer-
nant son éducation : c'était de l'envoyer à
l'école. En résumé, il a fait si peu ses classes,
que ce n'est pas la peine d'en parler.

» Cet enfant est aujourd'hui d'un âge suffisamment majeur, mais ses dix-huit premières
années ne furent qu'un objet de scandale

dans cette bonne ville de Blois où il fit un mariage d'inclination. De Villemessant n'a jamais pu comprendre que le mariage était de l'ennui à deux. »

Merci, mon cher maître, et, maintenant, à moi de continuer. Je ne serai peut-être pas aussi drôle, mais j'essayerai d'être plus vrai.

En 1839, M. de Villemessant débarquait à Paris, et quelques mois après fondait *la Sylphide*, un recueil de modes aristocratiques qu'il illustra de vignettes et de noms propres littéraires les plus en vogue.

Sa réputation d'écrivain, et surtout de petit journaliste, ne date que de 1848. C'est, en effet, à cette époque que le bruit commence à se faire autour de ce nom devenu depuis, il faut bien en convenir, un nom européen.

C'est alors qu'il fonde *le Lampion*.

Ce titre : *le Lampion*; cette date : 1848, me rappellent une histoire assez drôle.

M. de Villemessant, chacun sait ça, n'est pas positivement l'ami de ces gens qui, sous

prétexte de fraternité, de dévouement à la
patrie, etc., etc., etc., remuent un beau jour
les pavés de Paris et renversent un gouvernement dont personne ne se plaint, pour le
remplacer par un autre dont les trois quarts
de la France réclament immédiatement la dé-
chéance. Le rédacteur en chef du *Figaro*
aime bien la liberté, il en a tant besoin ! mais
la liberté vraie. Aussi taillait-il à messieurs
les républicains de 1848 de bonnes et solides croupières dans les colonnes du *Lampion*.

Ces messieurs ne trouvaient pas précisé-
ment la chose de leur goût.

Un jour, dans un restaurant, le restaurant
Cremmer, rue de Grammont, où M. de Villemessant venait déjeuner chaque matin, un
chaud patriote demande à haute et intelligible
voix *le Lampion*.

Assis à une table voisine, M. de Villemessant se lève aussitôt et remet lui-même à notre
homme le numéro demandé, avec ce **sourire**

spirituel et fin que notre dessinateur a si bien rendu.

— Votre journal, votre bougre de journal, hurle alors le farouche, tenez, voilà ce que j'en fais.

Et joignant le geste à la parole, il en fait ce que vous feriez d'une serviette indispensable brevetée (s. g. d. g.).

— Citoyen, répond avec calme M. de Villemessant, pour une fois que cela vous arrive, vous y mettez bien de l'ostentation.

Au *Lampion* succéda la *Bouche de fer*, qui ne dura qu'un numéro.

Vinrent ensuite la *Chronique de Paris* en 1850, supprimée en juin 1852, — l'*Actualité*, avec Commerson pour collaborateur, et qui vécut quelque chose comme six semaines, etc., etc., etc.

Enfin, en 1854, parut le *Figaro*, que depuis il a dirigé de la façon la plus intelligente en s'entourant d'une pléiade de gens d'esprit qu'il nourrit bien et pour lesquels il a été,

est et sera toujours un excellent père. Qu'ils
tournent mal, qu'ils le quittent pour aller
manger ailleurs, qu'ils l'attaquent même dans
les colonnes d'un rival, il ne leur en veut pas
du tout. Leurs escapades finies, il les reçoit à
bras ouverts, ce sont des enfants prodigues.
— Le public applaudit à leur rentrée dans la
maison paternelle, on tue le veau gras... et
tout est dit.

J'aimerais à voir briller à la boutonnière
de M. de Villemessant autre chose que la
fleur des champs. — Il est de ceux qui
comptent dans un siècle.

Je ne veux pas ici faire l'histoire du *Figaro*,
— cela me mènerait beaucoup trop loin. Je ne
parlerai ni du *Grand Journal*, ni de l'*Autographe*, ni de la *Gazette des Abonnés*, feuilles
originales, feuilles amusantes, mais nées
d'hier. Si mon livre réussit, si quelques édi-
tions me permettent d'acheter pour cet hiver
un bon paletot, bien ouaté, je reviendrai sur
M. de Villemessant, je creuserai mon sujet.

Signe particulier : M. de Villemessant porte des chemises de couleur en toute saison.

Ses amis n'ont jamais su pourquoi, — ni moi non plus.

CHAM

On s'étonnera peut-être de voir figurer ce nom dans ce livre, — ce serait à tort.

Cham est un vrai petit journaliste ; n'écrit-il pas dans un petit journal, politique il est vrai, mais petit journal, *le Charivari ?* D'aucuns me diront : Il n'écrit pas, il dessine. Je répondrai : Voyez les légendes de ses dessins.

J'empoigne donc mon Cham et je le classe, de par ma volonté et de par la logique, dans le cadre que je me suis tracé.

Cham est né à Paris le 26 janvier 1819.

Il s'appelle Amédée de Noé ; il est le fils du marquis de Noé, ancien pair de France, mort il y a deux ans.

Destiné à devenir un ingénieur (voyez-vous d'ici Cham ingénieur?), le célèbre caricaturiste pâlit, dès sa plus tendre enfance, sur les chiffres. Il a failli endosser l'uniforme de l'École polytechnique, mais, après mûres reflexions, il quitta l'algèbre, la géométrie, la trigonométrie, et toutes les sciences plus ou moins exactes, pour la peinture. En sortant du collége, il entra dans les ateliers de Delaroche et de Charlet.

Là, il se conduisit comme un véritable rapin ; ses charges d'atelier faisaient pressentir déjà celles du *Charivari* et du *Journal amusant*.

Dans une publication récente : *les Grands Journaux de France*, de MM. Brisson et Ribeyre, je lis les lignes suivantes que je suis heureux de reproduire, car elles peignent l'homme et

l'artiste tel qu'il est : mordant quelquefois,
honnête toujours :

« Délicat et de relations charmantes, Cham reste
toujours homme de goût dans ses fantaisies les plus
excentriques. Le docteur Véron ne sait pas, et nous
sommes heureux de le lui apprendre, que l'éloge
qu'il a fait de Cham dans les *Mémoires d'un bourgeois de Paris,* lui a sauvé dernièrement quelques
coups de crayon. « Je ne veux pas, dit l'artiste,
» répondre à la bienveillance par des plaisanteries,
» si inoffensives qu'elles puissent être. » M. Louis
Huart a respecté cette réserve très-louable, et le
dictateur du *Constitutionnel* n'a pas été touché par
l'artiste dans la petite guerre que le *Charivari* lui
a faite lors de sa dernière et courte dictature.

» A l'époque où Cham mettait Proudhon à toutes
sauces, il alla voir un de ses amis, prisonnier
et voisin de cellule du célèbre polémiste. Ce dernier
demanda plusieurs fois à faire la connaissance de
l'artiste. « Non, répondit Cham, si je le voyais seu-
» lement une heure, je ne pourrais plus l'attaquer
» de ma vie. »

Cham est le meilleur garçon du monde, en
effet ; il a pour tous, grands et petits, inconnus
ou célèbres, une parole affable, une poignée

de main bien' franche, qui ne se trompe jamais, et qui sent son gentilhomme d'une lieue.

Je ne connais personne à Paris, dans le monde artiste, ayant le mot plus facile, la repartie plus vive. Si vous avez des nouvelles à la main à rédiger, si vous avez souffert deux jours à la recherche du mot de la fin de votre chronique, si vous avez un couplet drôle à faire chanter à votre jeune première, causez dix minutes seulement avec Cham et le tour sera fait.

L'été dernier, à Bade, un dimanche, s'il vous plaît (rien n'est sacré pour un joueur), j'étais assis dans le salon de Conversation à une table de trente et quarante, me donnant, comme plusieurs de mes confrères, l'amer plaisir de voir passer mon argent, mon bon argent de France, de ma poche dans la caisse du croupier.

A ma gauche se tenait un gandin, tout ce qu'il y a de plus réussi comme gandin, qui

venait de perdre une dizaine de mille francs
et qui tentait un dernier coup, le coup du
chapeau.

— Vingt louis, s'écrie le vilain petit bonhomme, moitié à la masse.

Ces paroles étaient à peine prononcées que
j'entendis celles-ci :

— Cinq francs, moitié à la masse, cinq
francs, le pain de toute une famille ! !

Je me retournai, car j'avais reconnu le
timbre de la voix. — Quel autre que Cham
pouvait se permettre une telle plaisanterie
dans un endroit aussi lugubre ?

C'est à Bade que j'ai pu apprécier tout ce
qu'il y a d'esprit, de bonne humeur, de fi-
nesse, de gaieté franche chez l'artiste auquel
le *Charivari* doit tant de pages désopilantes.

A l'hôtel Darmstadt, où nous dînions tous
les soirs avec Rochefort et Wolff, sa verve ne
tarissait pas; depuis le potage jusqu'aux
quatre mendiants, c'était un véritable feu
d'artifice. Chose singulière, chose rare, tout

cela était dit avec le plus grand calme, et il n'y avait jamais de redites.

La veille de mon départ, un domestique vient au dessert apporter une lettre à Cham. Il la parcourt, puis, s'adressant au porteur, tout de noir habillé :

— Cette lettre est de M. Bénazet ?

— Oui, monsieur, c'est une invitation pour la soirée de demain.

— Je le sais. Mais, permettez, mon ami, vous ne faites pas partie de la maison de M. Bénazet, n'est-ce pas ?

— Si fait, monsieur.

— Allons donc, vous ne portez pas sa livrée.

— Je vous demande pardon.

— Étrange ! fit alors Cham en se retournant vers Albert Wolff ; jusqu'à présent j'avais cru que la livrée de Bénazet était rouge et noire.

Je ne veux point ici, chers lecteurs, vous donner la liste des albums illustrés de Cham ; je ne veux pas non plus le suivre pas à pas,

depuis 1843, époque à laquelle il est entré au
Charivari, jusqu'en 1864; je veux seulement
vous prier de former un vœu avec moi : celui
de ne jamais voir l'Angleterre nous le ravir.

Le *Punch* de Londres lui offre des monceaux
d'or. S'il accepte, s'il nous quitte, ce jour-là
alors, je partagerai la haine de M. de Boissy
pour la perfide Albion. Et vous aussi, n'est-
ce pas?

Signe particulier : Cham porte des moustaches comme un officier de dragons, et ne
passe jamais devant l'Odéon sans s'écrier :
Singulier monument! qu'est-ce qu'on peut
donc bien faire là dedans?

LÉO LESPÈS

(TIMOTHÉE TRIMM)

« Léo Lespès a une imagination puissante,
» j'oserai dire de la force de 600 chevaux,
» une plume honnête et modérée. Il a des as-
» pirations élevées et des gants communs.
» Il croit au système de Zoroastre, adore
» les pommes de terre frites et continue à
» faire aimer le *Veau d'or*, — qu'il acheva
» après la mort de Frédéric Soulié.

» Léo Lespès a été tour à tour caporal de
» voltigeurs au 55ᵉ de ligne, fabricant de

» tours indéfrisables, teneur de livres chez
» un lampiste, membre de la Société des in-
» venteurs et de la Société protectrice des
» animaux; il ne paye jamais ses cotisa-
» tions, c'est par là qu'il se distingue.

» Pour les femmes enceintes qui ne vou-
» draient pas regarder sa portraiture, elles
» n'ont qu'à lui demander son passe-port,
» elles le reconnaîtront à ces indications :

» Chaînes d'or fantastiques à son gilet ;

» Voix presque toujours enrhumée du cer-
» veau ;

» En cabriolet, n° 371, circulant dans Pa-
» ris de six heures du matin à minuit. »

Ainsi s'exprime, dans ses *Binettes contem-*
poraines, sur le compte de Léo Lespès (Timothée Trimm) mon très-honoré maître, Commerson. Il n'y va peut-être pas avec tout le
respect dû à cet écrivain que j'estime beaucoup, je dois l'avouer tout d'abord, mais je
pardonne à Commerson. Lorsqu'il a écrit la
biographie de Lespès, Lespès n'était pas alors

le petit journaliste d'aujourd'hui, celui qui occupe la première place au *Petit Journal* et qui chaque jour trouve moyen de nous distraire, à l'heure du dîner, pendant cent lignes, pour la modique somme d'un sou. Si Timothée Trimm n'était pas amusant dans le *Petit Journal*, si ses articles pétillants d'esprit, de bon goût et de tact, frisaient quelquefois la banalité (combien d'autres à sa place y succomberaient !), ma foi, je l'avoue, je serais inexorable, d'autant plus que le présent de mon biographié me gâterait son passé.

Il n'en est pas ainsi.

Timothée Trimm peut donner la main à Léo Lespès, et ses chroniques du *Petit Journal*, écrites au jour le jour, valent bien ses articles du *Figaro*, du *Monde illustré* et de l'*Illustration*.

Dernièrement, un des 300,000 journaux de M. Millaud (ce financier, on le sait, fonde un journal toutes les cinq minutes), *le Journal*

Illustré, a publié la biographie de Léo Lespès.
C'est en vain que j'y ai cherché la date de sa
naissance, c'est en vain que je l'ai relue
cinq fois de suite pour connaître l'heureux
pays qui lui avait donné le jour ; je n'y ai
trouvé que le nom de Timothée Trimm répété
à chaque ligne, et une fois, une malheureuse
petite fois, celui de Léo Lespès.

Je n'appelle pas cela une biographie, j'appelle cela le pavé de l'ours. Et comme, avant
tout, je veux être exact, je prends Vapereau,
moins connu que le *Journal Illustré*, c'est vrai,
mais plus consciencieux.

Napoléon Lespès, dit Léo Lespès, a imprimé M. Vapereau (page 1090 du *Dictionnaire
des Contemporains*), est né en 1811. Il entra
comme conscrit, en 1832, au 55e de ligne, si-
gna alors une boutade en vers de son titre de
« fusilier, » et débuta, après sa libération, en
1840, dans les PETITS JOURNAUX. Sous le titre
du « Commandeur, » et sous l'anagramme de
Lepsel, avec son prénom abrégé, Léo. il pu-

blia, dans l'*Audience*, des romans tels que les
Yeux verts de la Morgue, puis il fonda divers
organes secondaires de littérature ou de pu-
blicité.

Parmi ses productions, plusieurs fois re-
maniées, nous citerons : *Histoires roses et
noires* (1842), *les Mystères du grand Opéra* (1843),
Histoires à faire peur (1846), *Histoire républi-
caine illustrée de la révolution de Février* 1848,
Paris dans un fauteuil (1854), etc., etc., etc.

Voilà mon Léo Lespès dûment biographié,
grâce à MM. Commerson et Vapereau, deux
hommes de lettres qui ne se seraient jamais
doutés qu'ils collaboreraient un jour et qu'ils
s'entendraient aussi bien pour rendre justice
à l'ancien fusilier du 55e de ligne, aujourd'hui
le plus populaire des petits journalistes.

Signe particulier : Léo Lespès déjeune tous
les matins chez Péters, digère très-facilement,
tutoie Victor Koning et donnerait cinquante
sous pour pouvoir appeler Jules Janin mon
gros chéri.

ALBERT WOLFF

Sans crier gare, Albert Wolff nous est arrivé un beau jour des bords du Rhin, et depuis il occupe une des premières places parmi les petits journalistes.

Son arrivée dans la capitale du monde civilisé date de 1857. Un journal allemand l'avait envoyé chez nous en lui confiant la critique du salon, à la condition de lui revenir immédiatement; Albert Wolff l'avait promis, jamais il n'avait eu la pensée de quitter sa blonde

patrie, mais malheureusement pour ses com-
patriotes, et heureusement pour nous, quelqu'un lui fit faire la connaissance d'Alexandre
Dumas, qui l'engagea à rester dans les environs du boulevard Italien et à préférer à la
choucroute des tavernes allemandes les biftecks
du café Véron.

Merci, monsieur Dumas, en trouvant à Wolff
quelque instruction, en le nommant votre secrétaire, vous avez rendu à la presse parisienne un signalé service.

Le bruit a couru qu'à cette époque Albert
Wolff était pour quelque chose dans une comédie que l'illustre romancier a donnée au
Gymnase. Je signale le fait en passant, sans
vouloir l'approfondir, cette collaboration ne
me paraissant pas du tout monstrueuse, mais
là, pas du tout.

Quand Dumas partit pour la Russie, Wolff
perdit sa place, et, avec elle, l'espérance de
voir son nom jusqu'alors inconnu briller sur
l'affiche à côté de celui de l'auteur de Monte-

Cristo. En effet, tous deux, le jeune écrivain débarqué d'hier et l'homme célèbre, collaboraient réellement cette fois, ouvertement; — de cette collaboration devait sortir une traduction des *Brigands* de Schiller, peut-être un chef-d'œuvre, qui sait? Le départ de Dumas pour la Russie a interrompu l'affaire que plus d'un directeur de théâtre serait enchanté de voir se renouer à son profit.

En partant, Dumas avait donné quelques bons conseils à son jeune protégé, quelques bonnes recommandations.

Je le retrouve quelques mois après très-bien installé au *Charivari*, d'abord sous le pseudonyme de Charles Brassac, et, plus tard, sous son véritable nom.

Son passage au journal de M. Huart a été des plus brillants. — Je tiens de source certaine qu'il a l'intention d'y rentrer et d'y recommencer une collaboration régulière, — les abonnés ne s'en plaindront pas.

En même temps qu'au *Charivari*, Albert

Wolff entrait au *Figaro* par un article intitulé: *Grandeur et décadence du sieur Billion*, qui eut du succès. Le journalisme militant lui souriant, il s'y adonna corps et âme, et durant quinze mois, il fit au *Figaro* la besogne, selon moi, la plus difficile : les *Échos de Paris*.

A cette époque, M. de Villemessant, qui se trompe quelquefois, le congédia. Il croyait Wolff fini : il n'avait pas commencé.

Du *Figaro*, il passe à l'*Europe de Francfort*, où il rédige le Courrier de Paris en collaboration avec Henri Rochefort, puis son nom paraît dans le *Nain jaune* où sa campagne a compté pour une des meilleures. Dans le *Nain jaune* de Scholl, Wolff, comme au *Figaro*, était chargé des *Échos*. Ils y eurent un succès immense. Quand ce journal se transforma en journal politique, M. de Villemessant, qui avait changé complétement d'opinion, lui offrit alors la place qu'il lui avait retirée autrefois.

Malheureusement, il était un peu tard ; un

autre avait découvert chez mon biographié
l'étoffe d'un journaliste loyal, consciencieux,
honnête, spirituel ; il l'accueillit à bras ouverts
en lui offrant une belle succession, celle
d'Albéric Second.

J'ai nommé M. Michel Lévy, j'ai nommé
l'*Univers illustré*.

Le *Club* vient de paraître, et Albert Wolff y
a repris la place qu'il avait au *Nain jaune*,
sans pour cela quitter l'*Univers illustré*, le *Journal amusant*, le *Charivari*, sans pour cela
renoncer au théâtre.

Je n'ai pas besoin d'apprendre à mes lecteurs que Wolff a fait représenter en collaboration avec Rochefort, au Palais-Royal, deux
bonnes pièces : *les Mystères de l'hôtel des
Ventes* et *l'Homme du sud* ; —ils les ont applau-
dies comme moi.

Je ne crois pas qu'Albert Wolff abandonne
jamais le journalisme ; il aime ce métier in-
grat, il trouve un plaisir extrême à écrire
aujourd'hui des choses qui seront imprimées

3.

demain, à flétrir tous les ridicules, à cracher
à la face de certains saltimbanques de lettres
de solides vérités, et à s'attirer ainsi l'estime
des honnètes gens et la haine des coquins.

Ces idées-là sont les miennes.

HENRI ROCHEFORT

Et, tout d'abord, il ne s'appelle pas Henri Rochefort, mais bien Henri de Rochefort de Luçay.

Il a de la noblesse, du talent et du courage à revendre.

Henri Rochefort (je conserve son pseudonyme, — pour moi, c'est un pseudonyme) est né à Paris en 1832 et a fait d'excellentes études au lycée Saint-Louis. En quatrième, une pièce de vers qu'il adressa au duc de Montpensier lui

valut un porte-crayon en or qui rendit bien
jaloux ses professeurs et ses camarades, mais
qui ne produisit pas plus d'effet sur son moral
que la lecture de la *Gazette de France* n'en
produit sur les convictions d'un abonné du
Siècle.

Ce porte-crayon-là est bigrement loin.

Rochefort est la modestie faite homme.
A notre époque, dix mille personnes donne-
raient dix années de leur vie pour pouvoir
ajouter un *de* devant leur nom. — Il en avait
deux pour lui tout seul, et il les laisse de
côté. — Trouvez-moi une abnégation aussi
corsée, une modestie aussi modeste.

Son père était un des rédacteurs les plus
exaltés du *Drapeau blanc*.—Pendant trois ans,
le fils de l'ami intime, de l'*alter ego* de Martin-
ville, le fils du marquis de Rochefort de Luçay,
vice-gouverneur, sous Louis XVIII, de l'île
Bourbon, a brillé au premier rang du *Chari-*
vari, où il a bâtonné avec vigueur les journalistes de robe courte de la rue Cassette.

Il y est même encore un peu, au *Charivari*. Trois ou quatre fois par mois, il y publie des articles politiques très-remarquables, autant par leur vigueur que par l'honnêteté et la franchise qui y débordent à chaque ligne.

Je ne connais pas un seul ennemi à Rochefort, je lui connais bien des amis dévoués. C'est ce que nous appelons, nous autres du petit journal, une bonne nature.

J'ai rencontré Henri Rochefort à l'Hôtel-de-Ville, — un jour où Pierre Véron, m'y venant trouver, m'a appris, à ma grande surprise, qu'une des plumes les plus courageuses, les plus jeunes et les plus spirituelles du *Charivari*, y signait comme moi, chaque matin, la feuille de présence.

En 1861, Rochefort fut nommé sous-inspecteur des beaux-arts, — toujours à l'Hôtel-de-Ville. — C'était certes une position des plus honorables, — il l'a gardée deux ans à peine.

Comme inspecteur des beaux-arts, il n'inspectait que les décors des Variétés, et un peu, mais très-peu, les crinolines des pensionnaires de M. Cogniard.

— Je ne puis continuer ce travail PÉNIBLE, me dit-il un beau soir au café Véron, et puis, écrivant au *Charivari*, je me sens mal à l'aise, en émargeant les états de la ville. Voici ma démission, remettez-la demain au chef du personnel.

Je connais Rochefort, j'ai dû obéir.

Depuis ce temps, il gagne au théâtre dix fois ce qu'il gagnait comme employé, et il est libre, — le rêve de toute sa vie !

Henri Rochefort passe dans le monde artiste pour un de nos plus spirituels écrivains. On cite de lui des mots très-drôles. — J'en ai un, peu connu, dans mon sac ; qu'il en sorte !

Rochefort était témoin d'un duel, et la scène se passait dans les bois de Meudon, entre sept et huit heures du matin. Il pleuvait à torrents.

Témoins et adversaires cheminaient depuis 'une heure sans trouver une place convenable pour s'égorger le plus proprement possible.

On s'arrête un moment pour prendre haleine.

— Sapristi ! s'écrie l'un des adversaires, je suis traversé jusqu'aux os.

— Eh bien, dit alors Rochefort, si vous êtes traversé jusqu'aux os, l'affaire est arrangée, puisque le duel est au premier sang.

En effet, l'affaire en resta là, car tout le monde se mit à rire, et tout le monde fut désarmé.

Au *Figaro*, Rochefort occupe, à l'heure qu'il est, le premier rang, comme il l'occupait il y a six mois au *Nain jaune*. Le Vaudeville, le Palais-Royal, les Variétés, le Gymnase, l'Ambigu, les Folies-Dramatiques lui ont joué plusieurs pièces et ne s'en sont pas trouvés plus mal.

Je citerai entre autres les *Mystères de l'Hôtel des Ventes*, les *Roueries d'une ingénue*, *Un homme du Sud*, la *Vieillesse de Brididi*, les *Pinceaux d'Héloïse* et *Sortir seule*.

Le soir d'une première représentation, regardez Rochefort attentivement : c'est un
portrait du moyen âge descendu de son cadre.

Voilà pour le moral et pour le physique.

PIERRE VÉRON

L'homme d'esprit que je vais essayer de
peindre à grands coups de brosse, habite
le Gros-Caillou, et cependant il est né dans
les environs de la rue d'Amsterdam, le 3 juil-
let 1832.

Nous avons de ces cas-là dans le petit journalisme — ne pas s'en étonner.

A dix ans, Pierre Véron n'était pas tout
à fait de la force de Paganini; mais en revanche, il lisait aussi couramment Ovide,

Virgile et Lucain qu'un professeur de Sorbonne. Il dévorait avec avidité tous les livres de la bibliothèque paternelle mise à sa disposition : depuis Rabelais jusqu'à Victor Hugo, sans excepter les *Pensées d'un emballeur*, *Paul et Virginie*, l'Arétin et Bossuet.

A l'âge où les autres s'appliquent à faire des cocottes et des petits bateaux, Pierre Véron, lui, s'appliquait à quitter le plus tôt possible le collége, une de ses antipathies les plus prononcées. Il en est sorti, du reste, par la grande porte, le front couvert de couronnes universitaires et le prix d'honneur sous le bras. Je gagerais, même avec certitude de gagner, que le Prévost-Paradol du *Charivari* dont je m'occupe en ce moment, devait cacher sous ces couronnes-là plus d'un roman, plus d'une tragédie en cinq actes, plus d'une comédie, — le tout panaché de classicisme et de romantisme, selon les heures.

Pierre Véron est un piocheur dans toute

l'acception du mot. Ce qu'il a écrit de lignes, depuis dix ans, ce qu'il a creusé et épuisé de sujets, ce qu'il a usé de rames de papier est prodigieux.

Alexandre Dumas lui-même en tomberait à la renverse.

Tous les compositeurs de musique ont noté ses romances, tous les compositeurs d'imprimerie ont pâli sur sa copie aussi indéchiffrable que bien écrite, tous les caissiers de journaux, grands et petits, ont compté avec lui et connaissent sa signature.

Le travail est son élément.

A dix heures du matin, Véron se met à la besogne. Il s'attelle au char de la copie avec bonheur; il n'est heureux que la plume à la main, assis devant son bureau couvert de feuilles d'un papier bien blanc qu'il noircira toute la journée et que le soir il portera au *Charivari*, au *Monde illustré*, au *Journal amusant*, au *Nain jaune*, au *Journal politique*, au *Petit Journal.*

Assurément, il y a là de quoi effrayer le
soldat de l'écritoire le plus intrépide ; eh bien,
ce n'est pas tout : après les journaux de Paris,
Véron s'occupe des journaux de province.
Ceux-ci contentés, il lui faut encore satisfaire
ceux de l'étranger.

En un seul jour, on l'imprime à Paris, à
Lyon, à Bordeaux et à Londres, sans compter
les reproductions, qui sont nombreuses.

Naturellement, vous allez crier à l'absurde,
à l'invraisemblance. — De pareils tours de
force sont impossibles ! ajouterez-vous. Ce
garçon-là ne mange donc pas ? Il ne vit donc
pas comme tout le monde ? Est-ce donc un
phénomène ?

Évidemment.

Et en voulez-vous la preuve ? Elle est des
plus convaincantes.

Ses correspondances et ses articles termi-
nés, Véron travaille encore. Il avait tout à
l'heure dix rédacteurs en chef qui lui deman-
daient de la copie, il la leur a donnée ;

maintenant, voici venir son éditeur qui ne lui laisse pas de répit, son éditeur qui vend ses livres comme des petits pâtés, des livres de bon aloi, où la fantaisie coudoie la vérité, où les bons mots pétillent, où l'action ne se ralentit jamais, où le vice et le ridicule sont bafoués de main de maître ; des livres, en un mot, qui marchent tout seuls. Je demande pardon de l'expression aux gens guindés et aux membres de l'Institut, elle rend bien ma pensée.

Ajoutez à cela que Pierre Véron trouve encore le temps de s'occuper de théâtre.

Il a sur la planche trois ou quatre grandes pièces. Les directeurs les recevront un jour et le public les applaudira un soir.

Vous le voyez, le phénomène littéraire est complet. — Robert Houdin a inventé la bouteille inépuisable, Pierre Véron, lui, a réalisé le miracle du cerveau inépuisable.

J'avais donc raison.

Un rapin de lettres du *Tintamarre*, le même

du reste, qui a écrit ce volume, a fait de lui
l'épitaphe anticipée qui va suivre, elle trouve
ici sa place :

Ci-gît l'auteur dont la joyeuse muse
Créa : *Paris s'amuse,*
Cribla des traits de sa gaîté
Les Marchands de santé.
Railleur de nos travers, frondeur de nos sornettes,
Il menait les ébats de ses *Marionnettes.*
Du *Charivari* les grelots
Sonnaient entre ses mains l'hallali des Veuillots.
Avant qu'à ses écrits, pétillants de satire,
Rebelle soit le rire,
Les arbres parleront
Et les PIERRES VERRONT.

Je n'ai rien à ajouter.
Et maintenant, à un autre!

LOUIS · LEROY

Louis Leroy ! Voici un nom sympathique, voici une existence devant laquelle je me sens à l'aise, voici un honnête écrivain !

. Vive Leroy !

L'auteur des *Plumes du Paon* a commencé d'abord· par graver la topographie au Dépôt de la guerre, section de la carte de France. Là, il coudoya un gamin de peu d'avenir comme graveur, qui finit par jeter le burin aux orties pour se livrer à un état un tantinet plus glorieux et lucratif : celui d'auteur dramatique.

On a déjà reconnu Théodore Barrière.

Les plus nobles aspirations s'étant emparées de Louis Leroy, il résolut de devenir grand paysagiste, et, pour payer ses premières leçons, il vendit le lit de plume de sa mère.

Hâtons-nous de dire qu'à l'époque de cette vente, il était orphelin.

Il barbouilla pendant quelques mois pas mal de toiles avec un talent qui aurait pu être plus complet, sans nuire encore à la réputation de Claude Lorrain, réputation que M. Courbet trouve exagérée, mais n'en croyez rien, chers lecteurs.

Ces malheureuses toiles restant obstinément dans l'atelier qui les avait vues naître, Leroy se retourna d'un autre côté. Il mordit avec rage à l'eau-forte, et plusieurs médailles vinrent attester aux yeux de ses camarades de bureau, envieux de sa gloire naissante, comme ils le sont tous, du reste, que le peintre avait eu raison de céder la place au graveur.

Parmi ces eaux-fortes, aujourd'hui très-recherchées des amateurs, je citerai une *Vue prise en Port-en-Bessin*, la *Croix des quatre Saints*, un *Sermon sur la tempérance* et enfin la *Grotte de la mer sauvage (Belle-Isle)*.

L'appétit vint en gravant, et bientôt l'eau-forte parut insuffisante à charmer les veilles de l'employé du ministère de la guerre.

Souvent, entre deux morsures, il lui était arrivé de commettre des écrits d'une grande originalité, au point de vue de la poésie surtout. Banville y aurait trouvé certainement à redire.

Léon Cléry, l'avocat, un des aigles du jeune barreau, lui proposa de bâtir un drame en collaboration. Tous deux se mirent à gâcher. Une forte pièce en neuf tableaux, pleine de cadavres, d'oubliettes, de meurtres et de viols (il y en avait cinq au second acte), vit le jour et fut baptisée : *Les Résurrectionnistes.*

Cela promettait, n'est-ce pas ?

Heureusement pour M. d'Ennery, l'ouvrage fut refusé partout à l'unanimité. — Nous y avons perdu deux dramaturges ; en revanche, nous y avons gagné un auteur dramatique de premier ordre et un avocat de mérite.

Cette collaboration avec son ami Cléry avait été assez difficile ; on s'était traité de niais, et cela avec une facilité vraiment déplorable, mais que justifiait l'issue malheureuse de l'affaire.

De là vint à Louis Leroy une horreur profonde de la collaboration ; il prit le parti de travailler seul, et, par une belle matinée de printemps, il jeta furtivement dans la loge de Constant, le portier de l'Odéon, trois actes en prose : *la Conquête de ma femme.*

O bonheur ! Alphonse Royer reçut la pièce et la joua. Succès peu productif, mais joli petit succès.

Quelque temps après, Leroy eut la bonne

fortune de faire la connaissance de Cham, qui, le jugeant un garçon d'avenir et reconnaissant en lui toutes les qualités requises pour réussir, jura de ne prendre aucune nourriture et de laisser croître sa barbe jusqu'au jour où il ferait ses débuts au *Charivari*.

Ce fut l'affaire d'un moment. Cham se rasait et dînait le même soir en compagnie de Louis Huart et de Louis Leroy, qui s'entendirent parfaitement.

Depuis, ma foi, depuis... vous connaissez le reste : Louis Leroy a grandi de mille coudées ; il a donné à l'Odéon deux pièces charmantes, qui resteront : *les Relais* et *les Plumes du Paon;* il a collaboré au *Figaro*, au *Nain jaune*, à l'*Illustration*, et partout on l'a trouvé ce qu'il est réellement : un écrivain de premier ordre et un garçon d'infiniment d'esprit.

Modeste et timide comme une pensionnaire du Sacré-Cœur, Louis Leroy est peut-être homme à se fâcher des grains d'encens que je viens de lui brûler sous la moustache.

Il aurait tort, et moi, j'ai raison, car je représente la postérité avec mon tout petit livre, je lui dois la vérité pleine et entière.

Signe particulier : Louis Leroy professe un souverain mépris pour les petites dames, le Beaune première et les écrevisses bordelaises.

ÉTIENNE CARJAT

Étienne Carjat est né à Fareins, village du département de l'Ain, situé sur les bords de la Saône, le 1er avril 1828.

J'espère que je suis bien renseigné.

N'en dites rien à personne, je tiens ces détails et ceux qui vont suivre de M. de Montalembert, qui va, de temps à autre, flâner dans les salons de photographie de la rue Laffitte, sous le fallacieux prétexte d'y serrer la main d'Émile de La Bédolière.

4.

Carjat débarqua à Paris en 1840, accompagné de papa et de maman qui l'envoyèrent à la mutuelle pendant deux ans et le placèrent ensuite en apprentissage chez un dessinateur de tapis et de papiers peints, nommé Henry. Cet artiste, élève de Bouchot, forcé par la nécessité de faire de l'industrie, le prit en affection et, après lui avoir enseigné le dessin à ses heures de loisir, le mit à même de gagner ses jolis 6 fr. 50 c. par jour.

Je gagne à peu près cela au *Tintamarre*, et cependant je suis bachelier !

Oh ! le petit journalisme ! — ne m'en parlez pas !

Pendant la période de sa prime jeunesse, Étienne était invariablement, chaque dimanche, l'hôte assidu des paradis de la Porte-Saint-Martin, de l'Ambigu, du Cirque et de la Gaîté. Cette petite débauche, bien naturelle à son âge, développa chez lui le goût passionné du théâtre. A cette époque (1848), il se mit bravement à confectionner, avec l'aplomb de l'ignorance scénique, un grand drame héroïque et révolutionnaire intitulé *Salvator Rosa*. Depuis lors, il a refait ce drame sept ou huit fois et il est intitulé aujourd'hui, je ne sais pas pourquoi, *le Pêcheur d'Amalfi*.

Avis à M. Anicet Bourgeois et à la Société nantaise.

Carjat a joué aussi la comédie à l'École lyrique, mais ses débuts furent tels qu'il dut renoncer à l'espoir d'éclipser jamais la gloire de Frédérick Lemaître.

Ne pouvant briller sur les planches comme acteur, il essaya de plus belle de les escalader comme auteur. Il commit, en 1854, deux vaudevilles perdus dans les cartons du théâtre Beaumarchais. Sa fréquentation du monde des acteurs lui donna alors l'idée de faire leurs charges, et il publia une série de grandes lithographies portraits-charges : *le Théâtre à la ville*.

Cette fois, le succès ne se fit pas attendre, et Carjat renonça définitivement et sans regret au dessin industriel, dont les exigences mathématiques irritaient depuis longtemps son imagination quelque peu vagabonde. Il fit les charges du *Diogène* qui sont tout simplement de petits chefs-d'œuvre, et, le journal mort, faute d'abonnés, il parcourut la province son portefeuille sous le bras, envoyant, quand il en avait le temps, quelques croquis au *Gaulois*.

A Bade, où pendant quatre années consécutives ses dessins firent florès, il conquit l'amitié de Méry qui sut apprécier sa nature franche et son talent et qui l'engagea à persévérer dans la bonne voie qu'il s'était tracée. Les Russes et les Anglais surtout furent ses principaux modèles. Tout allait à ravir, mais dame roulette aidant, il revint à Paris, Gros-Jean comme devant, c'est-à-dire très-gêné.

Carjat remordit de plus belle au théâtre et, en collaboration avec MM. Labrousse et Paul Mahalin, il fabriqua un grrrrrrand drame militaire pour le Cirque : *les Martyrs de l'Au-*

triche, lequel drame fut reçu, mais disparut du tableau après quinze jours de répétition et après la paix de Villafranca.

Las des déboires de la vie littéraire, il prit son courage à deux mains. Il fallait vivre. Ayant trouvé un commanditaire intelligent, il se décida à tenter la fortune en faisant de la photographie, pas comme tout le monde, de la photographie artistique.

Il y réussit promptément. Malheureusement, le naturel revenant au galop, voilà mon étourdi qui fonde *le Boulevard*, un journal très-bien rédigé, un journal charmant, d'accord, mais qui, comme beaucoup d'autres, mourut de mort violente après quinze mois d'existence.

Vous voyez que, bien que photographe, bien que dessinateur, bien qu'auteur dramatique, Étienne Carjat a droit à une place dans ce livre, car le *Boulevard* a compté, il a eu du succès.

Je ne suis pas éloigné de croire qu'il recom-

mence l'épreuve, il a la foi. Pour le quart
d'heure, il pioche comme un nègre blanc,
pestant et rageant contre les grosses dames
et les femmes maigres qui veulent toutes res-
sembler à Léonie Leblanc, et n'ayant un peu
de bon temps que lorsqu'il lui arrive une tête
intelligente ou une jolie femme. Ces deux ar-
ticles-là sont bien rares à Paris; plaignons
donc un peu le photographe, mais applaudis-
sons bien fort l'artiste dont la vie laborieuse
a été si féconde en agitations et en tribula-
tions de toutes sortes.

VILLEMOT

Je te dirai de douces choses,
Et peut-être tu souriras !

A l'aide de ces deux vers de Victor Hugo, je
puis, sans crainte, affronter mon sujet, je
puis, sans trembler, essayer de présenter à
mes lecteurs Auguste Villemot, l'homme de
France le plus expert en l'art si difficile
d'écrire spirituellement.

Auguste, je vous en préviens, je vous dira
de douces choses.

Je vous dirai : Vous me plaisez, car vous avez la phrase facile, le rire franc, l'attaque sincère, la critique légère, railleuse toujours, mordante quelquefois, méchante jamais ;

Vous me plaisez, car vous êtes juste pour celui qui débute bien comme pour celui qui finit mal ;

Vous me plaisez, car vous avez dans vos mains une arme terrible, la raillerie, et cependant vous ne vous en êtes servi toujours qu'avec modération ;

Vous me plaisez, car, pouvant faire beaucoup de mal impunément, vous n'avez jamais fait que du bien ;

Vous me plaisez, car personne ne peut vous reprocher une ligne vendue, une réclame, un point d'admiration, ou un point d'exclamation suspects ;

Vous me plaisez enfin, parce que vous êtes le roi de la Chronique, mais un roi bien-aimé de vos sujets, grands et petits, cabotins ou acteurs, rapins ou artistes, financiers ou courtiers marrons, écrivassiers ou écrivains, poëtes ou rimailleurs.

Mais je m'amuse un peu trop aux bagatelles de la porte ; voyons la biographie d'Auguste Villemot — je ne suis pas payé pour faire des phrases.

Il est né dans les environs de la pièce d'eau des Suisses, à Versailles, à l'époque où les chevaux de MM. les Cosaques mangeaient l'écorce des arbres du magnifique parc dessiné par Lenôtre, à l'époque où le Père Loriquet corrigeait les épreuves de son histoire de France.

Il n'a pas mordu le sein de sa nourrice, mais au collége Rollin il a mordu avec rage à l'étude de la littérature grecque et latine. Pour être sincère, je dois cependant ajouter qu'il préférait de beaucoup Horace à Lucain, Tibulle à Cicéron et les victoires de Cléopâtre et de Didon à celles de César et d'Alexandre le Grand.

Depuis sa sortie du collége jusqu'en 1835,

époque à laquelle il devint secrétaire du théâtre de la Porte-Saint-Martin, je le perds complétement de vue. Comme bien d'autres, hélas! il a dû, pendant ce temps-là, risquer sa tragédie en cinq actes, son volume de vers, et comme bien d'autres aussi ces chefs-d'œuvre doivent encore attendre en vain dans un tiroir de sa commode l'heure de la délivrance.

Auguste Villemot a été ensuite employé dans un ministère. En 1847, il fait ses premières chroniques dans un journal italien, *il Risorgimento*, patronné par M. de Cavour.

En 1850, il passe à l'*Émancipation belge ;*

En 1854, au *Figaro ;*

En 1856, à l'*Indépendance belge ;*

Enfin, en 1863 et en 1864, au *Temps* et au *Club.*

J'ai commencé cette trop courte biographie par un éloge en prose, je la terminerai par des vers sous la formule usitée au *Tintamarre :*

ÉPITAPHE ANTICIPÉE

Celui qui dort sous cette pierre,
Au *Figaro* fit le courrier ;
Il ne signait ni Jean ni Pierre,
Ni Paul, mais toujours en premier.
Plus tard, journaliste à l'air grave,
Il charma les lecteurs du *Temps*,
Et toujours aussi fin que brave,
Lança le trait par tous les temps.
Car il n'eut peur de rien, ce roi de la Chronique ;
Payant à la gaieté largement son écot,
Il fut deux fois Français. Solide à la réplique,
Nul d'aussi loin que lui jamais ne *vit le mot.*

MONSELET

Monselet n'est pas d'un certain âge, mais d'un âge certain : il aura trente-huit ans aux prunes.

Monselet est né à Nantes; il n'est pour rien, toutefois, dans les affaires de la Société nantaise.

La physionomie du spirituel auteur de *la franc-Maçonnerie des Femmes* est des plus curieuses : c'est celle d'un sybarite romain greffé sur un petit abbé galant. On se l'imagine

couché sur un lit antique avec une coupe
couronnée de roses et une douillette puce pour
péplum. Malheureusement, il porte des lu-
nettes et detruit ainsi toute illusion romaine.

En regardant son front, un soir de première, aux Folies-Dramatiques, M. de Montalembert a dit : « Il y a quelque chose là. »

Comme petit journaliste, Charles Monselet
doit être placé au premier rang, il est le roi
du petit journal. Sa fantaisie, son esprit, sa
verve, son originalité ne tarissent pas. Pa-
resseux, ne travaillant qu'à ses heures, il
n'écrit jamais une ligne sans regretter le
temps qu'il perd à mettre du noir sur du
blanc, en songeant que pendant ce temps-là
il ne mange pas. Je suis forcé de l'avouer,
cet homme charmant, ce poëte si poëte, cet
écrivain consciencieux, a la manie de la table;
il est de ceux qui vivent pour manger !

Mais, en revanche, à côté de cette malheureuse passion, que de qualités !

Il y a deux hommes chez Monselet : le petit

journaliste et le poëte. — Voyons le poëte.

Pour lui, la poésie n'est pas un enseignement, la poésie est une harmonie. Il la comprend comme la comprenaient Horace et Tibulle, comme l'a comprise de nos jours Alfred de Musset. Jamais il n'a vendu sa muse, jamais il n'aurait écrit une ode sur le sacre de Charles X ou sur la naissance du duc de Bordeaux. Par exemple, il la met tout entière au service de sa passion favorite, et cela carrément : il adressera, sans pudeur aucune, un sonnet à un pied de cochon bien grillé ou à un gigot cuit à point. Bien souvent, chez Dinochau, après un repas plantureux, la plume de la dame de comptoir, la même qui sert à confectionner la *douloureuse*, a tracé quelques uns de ces vers charmants que le *Figaro* est si heureux d'insérer et que le public apprend par cœur.

Quand je lis ces vers si faciles et si élégants, je m'inquiète peu du sujet qu'ils traitent, j'admire leur auteur, car il est alors vrai autant qu'harmonieux, et je fais comme le public, je les apprends par cœur.

Charles Monselet a écrit dans une infinité de journaux ; la *Patrie*, le *Constitutionnel*, le *Pays*, l'*Artiste*, la *Revue de Paris* ont publié de ses feuilletons ; — il a eu son journal à lui, il a été rédacteur en chef, propriétaire, gérant responsable du GOURMET (!!!!)

Ses ouvrages les plus remarquables sont :

La Franc-Maçonnerie des femmes,

La Lorgnette littéraire,

Les Oubliés et les Dédaignés (portraits du dernier siècle),

Marie et Ferdinand.

Enfin, qui le croirait ? Monselet est historien, il peut se présenter un jour à l'Institut, — il a écrit une *Histoire du tribunal révolutionnaire*.

Signe particulier : Charles Monselet est le meilleur garçon du monde.

AURÉLIEN SCHOLL

Trente ans à peine, une figure à la Van-Dick, c'est-à-dire un œil fin, une moustache téméraire, une lèvre au sourire légèrement dédaigneux.

Il a cette élégance vigoureuse qui dénote un caractère aventureux, une volonté toujours au-dessus des circonstances, et la faculté de disséquer avec succès ces cadavrés vivants : gandins, filles de plâtre, boursiers, cabotins, cabotines, poëtes de la brasserie des Martyrs,

philosophes du café des Variétés, Raphaëls
de la barrière Fontainebleau, académiciens
s'extasiant sur la beauté de M. Villemain ou
le lyrisme de M. Viennet, enfin tout ce qui
grouille impunément dans Paris, Paris que
M. Prudhomme appelle la Babylone moderne,
et M. Gustave Nadaud :

> . . . . . la ville enchanteresse
> Qui nous prend toutes nos amours,
> . . . . . l'infidèle maîtresse,
> Qu'on a trahie et qu'on revoit toujours.

M. Jules Noriac a tracé dans le *Boulevard*
un portrait-biographie d'Aurélien Scholl,
auquel je vais emprunter quelques lignes,
car ces lignes-là ont un double mérite à mes
yeux : elles sont vraies, impartiales, et puis,
je ne saurais mieux faire.

Vers l'an de grâce 1850, M. Aurélien Scholl créa
et mit au monde un livre qui s'appelait *Lettres à
mon domestique*.

Ce volume, écrit avec un esprit vif, une originalité

marquée et une forme élégante, fit du bruit dans le
monde littéraire. Ce bruit se serait probablement
changé en tumulte si l'on eût su que le moraliste
qui l'avait signé était âgé de dix-sept ans : on aurait
certainement crié au miracle. Mais le jeune auteur,
bien avisé, avait pris soin de se vieillir un peu, afin
de ne pas passer à l'état d'enfant-prodige, comme le
premier pianiste venu.

Doué d'un esprit piquant, et peut-être un peu
piqueur, M. Scholl entra dans le journalisme. Si j'ai
bonne mémoire, il fonda même un journal à lui,
intitulé *Satan*. L'auteur, crayonné par Carjat, a ra-
conté de la façon la plus amusante du monde quand,
comment et pourquoi le *Satan* vit le jour, et comment il mourut ; aussi ne reviendrai-je point sur
cette partie intéressante de l'histoire contemporaine.
Je signale le fait parce que M. Scholl est encore
journaliste, et que je pense qu'un homme qui commence librement une carrière à dix-sept ans et la
poursuit sans défaillance, est déjà, lorsqu'il frise la
trentaine, un homme presque remarquable.

Le *Mousquetaire* d'Alexandre Dumas, l'*Artiste*
d'Arsène Houssaye, le *Corsaire* et la *Gazette de Paris*
accueillirent à bras ouverts cette plume finement
taillée qui leur arrivait de Bordeaux, et l'auteur des
Lettres à mon domestique fit paraître les *Esprits
malades*, recueil de nouvelles charmantes qui fut
rapidement épuisé.

Plusieurs éditeurs ont offert souvent de réimprimer ces deux ouvrages; mais, soit modestie, soit coquetterie d'auteur, M. Scholl n'a jamais voulu laisser toucher à ce qu'il appelle « la fin du commencement. »

Denise, un poëme de cinq à six cents vers, vint sceller dans la mémoire du public le nom du jeune écrivain. *Denise* était une poésie échappée d'un jeune cœur à moitié brisé par l'amour, cet éternel ennemi de tous les cœurs. Le poëte n'y faisait point entendre de banales plaintes, des reproches à l'eau de rose. Son âme et son honnêteté de vingt ans se révoltaient. Chargées de tous les nuages noirs de la douleur, elles éclataient en imprécations sillonnées par de redoutables éclats de rire. Ce n'était point un amoureux transi pleurant sur sa félicité perdue, mais bien l'artiste homme qui brisait l'idole et jetait les morceaux aux vents. Il ne chassait pas le souvenir, il l'égorgeait.

Lorsque les amants de l'art lurent ce poëme si plein de pensées, si admirable de formes, où chaque vers était frappé comme une médaille, ils pensèrent que l'homme qui s'indignait aussi superbement deviendrait un grand poëte. Hélas! on n'est pas malheureux tous les jours. Depuis ce temps, M. Scholl n'a fait que des odelettes qui se contentent d'être simplement charmantes.

Qu'ai-je à ajouter ?

Quelques lignes... et ma biographie est terminée.

Aurélien Scholl, après avoir collaboré tour à tour au *Figaro*, à l'*Artiste*, au *Mousquetaire*, à la *Gazette de Paris,* au *Corsaire*, a fondé le *Satan,* la *Silhouette,* le *Nain jaune* et le *Club.*

Ce dernier journal vient de paraître, et déjà son succès se dessine le plus agréablement du monde pour son rédacteur en chef, pour ses rédacteurs, pour son bailleur de fonds et pour le public qui guette son apparition dans les kiosques du boulevard avec la même ardeur qu'un dilettante guette le nom de Tamberlick sur l'affiche du théâtre impérial Italien.

« En livrant au public le *Club* à un prix populaire, a dit Timothée Trimm dans sa chronique du *Petit Journal*, Aurélien Scholl a voulu démocratiser le grand principe de l'association des hommes d'élite, rassemblés en réunions intimes. »

Pour une idée heureuse, convenons-en,

voilà une idée heureuse, et qui n'effarouchera personne, pas même les abonnés de cette bonne vieille *Gazette de France*.

Avant de terminer, je veux citer une repartie de Scholl, tout ce qu'il y a de plus inédit :

Albert Wolff, à la suite de quelques lignes publiées dans les échos du *Nain jaune*, sur un de nos poëtes les plus chevelus, un de nos bohêmes les moins propres, part en Belgique et, sur la frontière, échange une balle avec l'auteur des *Flèches d'or*..........

Sapristi ! je viens de le nommer !

Ma foi, tant pis, — je continue.

De retour à Paris, sans la moindre égratignure, l'homme aux sonnets se rend au *Nain jaune* et ne trouve dans le cabinet de rédaction qu'Aurélien Scholl.

— Pardon, monsieur, je suis X...

— Très-bien, et vous désirez ?...

— Voir M. Albert Wolff, un garçon charmant, pour lequel je professe la plus grande estime et auquel j'ai eu le tort d'écrire de mauvaises lettres; je viens le prier de me les rendre.

— Oh! monsieur, c'est de toute impossibilité.

— Et pourquoi ?

— Elles ont servi là-bas de bourres aux pistolets.

Signe particulier : Aurélien Scholl est affligé d'une myopie de première catégorie.

Un jour, sur le boulevard, il a tendu la main à M. Guizot en lui disant : Mon cher ami, je suis content de tes échos d'hier, ils ont du chien.

Scholl croyait parler à Wolff. — On n'est pas plus myope.

JOUVIN

Dieu sait ce que l'avenir me réserve, pour oser m'en prendre à cet aristarque fameux ; mais comme j'ai peu de goût pour la musique italienne, comme je suis intimement convaincu que jamais l'Alboni ou Tamberlick ne seront mes interprètes, je passe outre. Ensuite, je puis l'avouer carrément, au grand jamais les compositeurs du *Figaro* n'auront à déchiffrer ma prose.

J'y vais donc gaiement.

Jouvin n'a rien de commun avec le fabricant de gants de ce nom.

Il a un an de plus que son beau-père, M. de Villemessant.

Jouvin n'est devenu critique que par accident, un jour qu'il n'avait pas autre chose à faire. Je me hâte d'ajouter que ce jour-là a été un jour très-heureux, car le rédacteur en chef actuel du *Figaro* est un de nos critiques les plus consciencieux, des plus justes et des plus spirituels; si quelquefois il est dur envers le pauvre artiste ou le pauvre dramaturge qui débute, son style brillant et original, sa franchise lui font pardonner les imperfections de son cœur.

Une fois la plume à la main et au sortir d'une première, il est de ceux qui croient *que c'est arrivé*. Pour lui l'indulgence n'existe pas, il écrit ce qu'il pense; il a horreur de la réclame sous quelque forme qu'elle se présente, aussi plusieurs de nos auteurs et plusieurs de nos artistes lui doivent-ils d'être aujourd'hui de beaucoup supérieurs à ce qu'ils étaient hier.

Jouvin est plus apprécié que les lundigraphes du grand format, ses jugements ont plus de poids, ses conseils toujours écoutés sont toujours suivis ; et enfin, quand il gagne sa stalle au théâtre, les conversations les plus animées sont interrompues, chacun le désigne du doigt : Le voilà, le voilà, c'est lui. Le silence est complet, on entendrait voler un mouchoir.

Heureux critique !

C'est en 1844, au *Globe*, que Jouvin débuta. M. Solar lui avait confié le feuilleton des théâtres ; il le garda fort peu de temps pour aller de là gaspiller en pure perte sa prose et son esprit dans les colonnes de l'*Époque* d'abord et ensuite dans celles d'un journal orléano-légitimiste de Lyon.

En 1854, il épousa une des filles de M. de Villemessant ; depuis, il n'a plus quitté le *Figaro*, et dans chaque numéro il y porte aux

nues la musique italienne, sa toquade. Si
vous lui voyez, par hasard, risquer quelques
éloges sur la musique allemande, soyez certain que c'est de sa part une distraction ou
dans le but fort louable de ne pas faire trop
de chagrin à l'exécuteur testamentaire de
Meyerbeer.

Bouquiniste enragé, Jouvin se ruine en
achat'de livres.

Comme rédacteur en chef, il s'en rapporte
peut-être un peu trop à Duchesne ; mais
tous ceux qui ont passé par les fourches cau-
dines du *Figaro*, j'en connais quelques-uns,
n'ont qu'à se louer de leurs excellents rap-
ports avec lui.

Signe particulier : Jouvin adore Tamberlick, les artichauts à la poivrade, et l'anec-
dote court vêtue.

BOURDIN

Si Jouvin a un an de plus que son beau-
père, M. de Villemessant, Bourdin, lui, a un
an de moins.

Comme Jouvin, il a l'insigne honneur de
s'entendre appeler mon gendre par le régéné-
rateur du *Figaro*, le fondateur du *Grand Journal*, le propriétaire de la *Gazette des Abonnés*.
Seulement, il a un cheveu dans son existence :
c'est, qu'à l'exemple du confiseur-vaudevil-
liste Siraudin, il n'en possède que trois, et

encore le second est-il dangereusement ma-
lade.

Celui qui lui sauvera la vie recevra gratis
toute la collection de l'*Autographe*.

Qu'on se le dise.

Je ne connais sur la jeunesse de Bourdin
aucune particularité digne d'être citée. Son
enfance, au dire de sa concierge, chez laquelle
j'ai dû aller aux renseignements avant d'en-
treprendre cette courte biographie, promettait
pour l'avenir un citoyen très-paisible, un avocat très-peu éloquent, un bibliophile enragé.

La même personne m'a assuré que le jeune
Bourdin a été allaité par des colombes, comme
Sémiramis; elle me permettra d'en douter
quelque peu.

Ce que je puis affirmer, sans crainte d'être
démenti, c'est qu'au sortir de l'École de droit,
Bourdin ne fit qu'un saut jusqu'au Palais de
Justice, où il passa une grande partie de sa
vie non loin du banc des prévenus de la po-
lice correctionnelle. Il plaidait fort peu, mais

chaque jour, il envoyait aux feuilles judiciai-
res des comptes rendus très-remarqués, dans
lesquels il se livrait à une fantaisie qui faisait les délices des abonnés.

En 1848, il publia un journal qui n'eut
qu'un numéro : *la Guillotine à quatre sous*,
et qui ne s'enleva pas comme Nadar, mais
comme du pain.

Chez lui comme chez Jouvin — ça ne sort
pas de la famille, la passion des bouquins est
poussée jusqu'au délire ; il possède une bibliothèque très-riche et toute pleine de documents
précieux. Dans ses jours de bonne humeur il
consent à en faire profiter les lecteurs du
Figaro, et sous ce titre : *Vieux papiers, vieilles
gazettes*, il déterre, à leur intention, des
anecdotes, des faits, des mots historiques que
le bibliophile le plus bibliophile serait très-
embarrassé de trouver, toutes les bibliothè-
ques de l'Europe fussent-elles mises à sa disposition.

Mais le plus beau fleuron de la couronne

de Bourdin, c'est l'*Autographe*, un recueil auquel il pense jour et nuit, un recueil que le public lettré a pris sous sa protection.

Je me rappelle avoir composé sur l'apparition de l'*Autographe* et sur l'air de la *Famille de l'apothicaire* un couplet.

En le glissant ici, je suis dans mon droit :

> Je viens de lire un numéro
> Du fameux journal L'*Autographe*,
> Un journal qui n'est pas zéro
> En fait de fautes d'orthographe.
> Je savais déjà que nos grands
> Hommes étaient laids de figure;
> *Autographe,* tu me l'apprends,   } *bis.*
> Non moins laide est leur écriture.

Signe particulier : d'une prodigalité à rendre des points à M. Demidoff, Bourdin jette l'argent par les fenêtres, — il a trouvé le moyen, inconnu jusqu'à présent, d'attacher son chien et ceux de ses voisins avec des saucisses.

ALBÉRIC SECOND

Celui-là ? — Par exemple, c'est trop fort !

Celui-là, un petit journaliste ? — Allons donc !

Mais certainement, et un vrai encore : n'écrit-il pas dans le *Grand Journal*, bien plus, n'en est-il pas le rédacteur en chef ?

Albéric Second ne doit pas rougir de se trouver ici, côte à côte avec Monselet, de Villemessant, Aurélien Schóll, Auguste Villemot. Il y a quelques années à peine, en 1856, il fondait un tout petit, tout petit journal, *la Comédie parisienne.* — Chaque numéro était rempli de nouvelles à la main, toutes plus fines les unes que les autres, de comptes rendus de théâtre, de bruits de coulisses. Le mot du noble faubourg Saint-Germain y coudoyait celui du quartier Bréda, les noms de Grassot et de Gil Pérès y figuraient à côté de ceux de MM. Ponsard et Villemain, et le tout, pour la modique somme de 30 centimes, le prix d'un omnibus.

Je sais bien qu'Albéric Second est décoré, je n'ignore pas qu'il a fait jouer au Théâtre-Français la *Comédie à Ferney*; mais, en fin de compte, il est rédacteur en chef du *Grand Journal,* il a été rédacteur en chef de la *Comédie parisienne.* Je persiste dans mon idée, il est à moi, il m'appartient, et mon éditeur ne me pardonnerait jamais de l'avoir oublié dans cette galerie.

Du reste, que M. Albéric Second se tranquillise, je serai bref et concis, et, pour ne

m'attirer de sa part aucun reproche, je serai
même un peu canaille, j'ouvrirai les *Binettes
contemporaines* de mon bon ami, de mon
excellent père Commerson, et j'y copierai
quelques lignes qui simplifieront singulièrement ma besogne.

« Albéric Second, a dit Commerson, cultive
l'arbalète avec un art merveilleux, porte du
beau linge et la tête haute comme un homme
qui a du quatre et demi au plus haut cours.
Il a toujours des gants beurre frais aux mains
et dans sa tête une érudition profonde ; et
bien qu'il ait des goûts aristocratiques
pour la société des femmes, entre le tablier
du pont des Arts et celui d'une gentille
ouvrière, Albéric n'hésiterait pas pour repo-
ser sa tête. Pour lui, le cœur d'une lorette
est un passage où l'on trouve des boutiques à
louer ; il s'y incruste. — Je ne connais de lui
que deux petits chefs-d'œuvre : *les Contes
sans prétention* et *les Mystères de l'Opéra*. Mais
il est jeune encore et donne de grandes espé-

rances aux femmes et à la littérature, dont il est l'ornement. »

Ces lignes ont été écrites en 1854, ne pas l'oublier. Depuis, s'il a passé beaucoup d'eau sous le pont des Invalides, il faut convenir qu'Albéric Second a diantrement fait du chemin. Aujourd'hui, ce n'est plus le chevalier galant d'autrefois; la plus belle moitié du genre humain ne vaut pas pour lui une chronique élégante. Il a le culte de son art, il préfère un mot bien drôle à une moue coquette, de la bonne copie au minois le mieux chiffonné de la galerie Vivienne. Un bas immaculé et bien tiré dessinant, un jour de pluie, une jambe adorable, le laisse froid ; mais qu'il se trouve en face d'un cahier de papier blanc, il le noircira aussitôt, et alors son imagination travaillera.

Que les temps sont changés !

Nous y avons gagné.

En terminant, je dois avouer que le style, les anecdotes, les intéressantes causeries de

M. Albéric Second font mon bonheur et celui des gens qui m'entourent. ·

Or, comme les gens qui m'entourent ne sont pas tous des crétins, j'en tire cette conclusion : le rédacteur en chef du *Grand Journal*, est tout simplement un journaliste d'infiniment d'esprit, un aimable causeur. Au bas de sa photographie, on peut inscrire sans crainte la devise latine : *Castigat ridendo mores.*

Elle est la sienne ; je vais plus loin : elle n'a été faite que pour lui.

Signe particulier : Albéric Second ne lit jamais la *Revue des Deux-Mondes* ni *le Tintamarre.*

GABRIEL GUILLEMOT

Gabriel Guillemot a un point de ressemblance avec Victor Hugo et Alexandre Dumas qu'en ma qualité de biographe consciencieux, je ne puis passer sous silence : il est le fils d'un officier de l'Empire.

L'Auvergne l'a vu naître.

Licencié ès sciences, il a failli devenir lui-même officier d'artillerie.

Aujourd'hui, il est tout bonnement un des meilleurs rédacteurs du *Figaro*, qui m'a tout l'air de l'aimer tendrement. Il est imprimé en neuf et ses articles tiennent le second rang.

Guillemot est employé dans les bureaux de l'Hôtel-de-Ville.

Il y a quelques années, alors que ses émoluments ne montaient qu'à 118 fr. 75 cent. par mois, alors qu'il lisait pour un sou sous les arcades de l'Odéon le journal de M. de Villemessant, sans se douter qu'un jour la caisse de ce même journal lui payerait 35 cent. la ligne sa copie, il donnait des leçons de mathématiques pour pouvoir se payer la fantaisie d'un théâtre dont il raffole, — les Italiens.

Le modeste employé de M. le préfet de la Seine dînait à 23 sous, mais se prélassait, trois fois par semaine, aux fauteuils de balcon de la salle Ventadour.

Ce n'était pas chez lui de la pose, il n'allait pas aux Italiens pour dire : Je vais aux Italiens; il allait là comme l'Arménien va à la Bibliothèque impériale, M. Leverrier à l'Observa-

toire, le carabin à l'amphithéâtre, — par
amour de l'art.

Un jour, la *Presse théâtrale* lui procura ses
entrées en échange de quelques lignes d'une
prose balbutiante. Ce jour-là, Guillemot s'é-
tonna fort de ne pas voir tout Paris illuminé,
et... il lâcha ses élèves à 5 fr. le cachet.

L'algèbre n'était pour lui qu'une question
d'entrée aux Italiens ;— il les avait, ces entrées
si désirées, et comme homme de lettres encore ! Plus d'algèbre, plus de science ; de l'art,
de la littérature : voilà ce que dit Guillemot en
rentrant le soir chez lui, tout fier et grandi
de cent coudées.

De la *Presse théâtrale* où ses critiques musi-
cales étaient fort goûtées, il ne fit qu'un bond
jusqu'au *Figaro*, où il débuta par quelques
articles de genre, rares d'abord, plus fré-
quents ensuite. Au départ d'Aurélien Scholl,
il fit les *Échos de Paris*, qu'il a tenus dix mois
consécutifs ; puis il commença, sous le titre
générique : *Mon Carnet*, une série d'études et

de portraits destinés à paraître en volume.

Le *Nord* a publié de lui une nouvelle humoristique : *l'Oncle Paterson.*

Guillemot a été un des collaborateurs les plus assidus et les plus aimés de la *Revue fantaisiste.*

Pour être complet, ajoutons qu'il a fait quatre mois durant la chronique musicale au *Courrier franco-italien* que dirigeait Carini, un des héros de Marsala.

Vous le voyez, le bagage littéraire de Gabriel Guillemot n'est pas des plus minces. — C'est un de nos jolis piocheurs, et, chose rare chez les piocheurs, l'esprit ne lui fait pas défaut.

Signe particulier : il a entendu cent dix-huit fois le *Trovatore.*

CHAVETTE

(EUGÈNE VACHETTE)

Chavette est né le 13 mars 1828, à minuit trente-cinq minutes, entre un turbot sauce hollandaise, et une côtelette jardinière, au coin du boulevard et de la rue du Faubourg-Montmartre.

Son père, le célèbre Vachette, adorait jadis les fourneaux, trouvait un plaisir inouï à bien servir ses pratiques. Quant à lui, il fait de la littérature, de la littérature légère, amusante.

Si quelqu'un se plaint de la chose, assurément ce n'est pas moi. Je préfère de beaucoup les tartines spirituelles du fils aux sauces épicées du père.

Lorsque ce dernier apprit la naissance de celui qui plus tard, sous le nom d'Eugène Chavette, devait illustrer les colonnes du *Tintamarre* et du *Figaro*, on prétend qu'il se contenta de crier à la sage-femme : Boum, voyez au n° 4 !

C'est à cette exclamation, partie du cœur, et que peut-être Chavette entendit, quoique âgé de quelques minutes seulement, que nous devons l'écrivain fantaisiste auquel je vais caresser l'épiderme l'espace de quelques lignes.

Au *Tintamarre*, Vachette a fait un chef-d'œuvre : *le Procès Pictonpin*.

Sa réputation une fois bien établie, il quitta Commerson, et, avant d'aller porter ailleurs sa prose, il voyagea.

Vachette a été en Chine, en Russie, à Jérusalem, à Tombouctou, à Philadelphie, à Buénos-Ayres et même à Vaugirard.

Il a été directeur d'un théâtre à la Haye, mais il s'est aperçu un peu trop tard, après avoir mangé 200,000 francs à monter l'*Étoile du Nord*, *Marta*, la *Juive* et *Edgard et sa bonne*, etc., etc., qu'il est plus aisé de faire jouer ses pièces que de monter celles des autres, surtout en Hollande.

En Italie, Charette a eu beaucoup de succès auprès des Graziella auxquelles il récitait, *sub tegmine fagi*, les principales scènes du *Procès Pictonpin*.

En Sicile, on lui a élevé une statue. — C'est flatteur pour lui, mais c'est bigrement embêtant pour Virgile et Garibaldi.

Signe particulier : Eugène Chavette aime les fromages glacés, le style de Clairville et le débinage à haute pression.

ARMAND RENAUD

Armand Renaud est né à Versailles en 1838. C'est un jeune de la bonne école.

C'est un de ceux qui s'annoncent bien.

Il occupe déjà une certaine place dans la littérature, mais a droit à quelques lignes seulement dans ce livre, n'ayant fait qu'une courte campagne dans le petit journalisme, n'y ayant passé que comme un clown à travers les cerceaux de papier du Cirque-Napoléon. Visant avant tout à un but artistique, il s'est fait déjà un nom parmi les poëtes par ses *Poëmes de l'amour* et ses *Caprices de boudoir;*

parmi les romanciers, par sa *Griffe rose;* parmi les critiques, par ses articles dans la *Revue contemporaine*, la *Revue française* et la *Revue de Paris.*

Pourtant, c'est dans un petit journal, *le Gaulois*, qu'il a fait ses débuts; il ne l'a pas oublié, et tout en s'isolant du mouvement quotidien du petit journalisme, il lui a prouvé sa sympathie constante en publiant des vers dans le *Figaro,* dans le *Gaulois*, dans la *Gazette des étrangers*, dans la *Gazette rose*, dans la *Chronique parisienne,* etc., etc.

Jusqu'à présent, sa poésie est d'un voluptueux s'occupant plus de la beauté des vers que de la moralisation des peuples.

Il aime beaucoup les blondes, les brunes, les rousses en général et spécialement

. . . . . La femme à la folle existence,
Chemise de dentelle et robe de velours,
Qui, dans du vrai bohême ayant bu le constance,
Fait la moue à son verre et le brise toujours.

D'allures un peu légères, il fume la cigarette et on l'a vu quelquefois chez Markowski.

Ce qui n'empêche pas qu'on annonce de lui des œuvres très-sérieuses.

SOSTHÈNE

Je ne le nommerai pas, mais il se reconnaîtra, et ceux qui le connaissent le reconnaîtront encore mieux.

Il a quarante ans bien sonnés, il est le fils d'une concierge, il n'a plus de cheveux, plus de dents, quelquefois des bottines vernies, mais jamais de chaussettes ; il est laid, sent le faubourg Antoine qui l'a vu naître, déjeune d'un morceau de fromage de gruyère et boit du petit bleu, le matin, mais le soir insulte.

vers minuit, les garçons de Brebant, et leur prouve, Brillat-Savarin en main, qu'une perdrix, pour être exquise, doit être cuite à point, et que la meilleure manière de bien relever une sauce, c'est de l'étudier cinq heures durant.

Il est de ceux qui, sans pudeur, disent : Me voilà, je m'appelle Sosthène ; hier, un journal a publié ma prose et Paris m'appartient.

Il est de ceux qui nous saluent et qui nous volent nos mots et jusqu'à notre style.

Il est de ceux pour qui l'alcôve de ces petites dames n'a pas de mystères, qui crachent sur les tapis en moquette que de jeunes fous ont payés, qui empruntent vingt sous à la femme de chambre, tutoient le concierge et n'admirent d'Alfred de Musset que *Gamiani*.

Il est de ceux enfin qui nous gâtent, à nous autres honnêtes, consciencieux et pouvant lever haut la tête, notre beau ciel.

J'ai rencontré Sosthène au sortir du collége, ayant encore ma naïve tunique de lycéen que

je promenais dans les bouibouis environnant
l'École-Militaire, me dònnant l'air d'un bachelier n'attendant qu'un signe de tête de ces
messieurs de la Sorbonne pour entrer à Saint-
Cyr.

Déjà j'avais mordu à la grappe, déjà j'avais
été imprimé.

Entre deux chopes, dans un de ces bouibouis, Sosthène m'avisa et comprit qu'il y
avait avec moi quelque chose à faire.

Un soir, il m'amena deux drôlesses, deux
femmes à soldats, qui ne connaissaient le boulevard que pour y avoir promené les moutards
du bourgeois.

Mes vingt ans et la toilette chiffonnée de
ces mégères aidant (elles n'étaient plus bonnes alors qu'à se maquiller et à pleurer sur
les romans insensés de du Terrail), je saluai,
et offris à souper chez Vachette.

Ce soir-là, Commerson m'avait payé mon
premier mois.

On prit une voiture, un remise, s'il vous

plait, on débarqua au café de Madrid sur l'ordre de Sosthène. Là, on avala une bouteille de
madère, et la bouteille vidée, mon homme en
commanda une autre, car un cinquième convive était venu s'asseoir à la table.

Ce cinquième convive buvait sec et dru ; il
avait déjà mis six londrès extra dans sa poche, quand je me hasardai de demander son
nom à Sosthène.

— Très-cher, excusez-moi, j'avais oublié
la présentation. Saluez bien bas, vous allez
avoir l'honneur de souper avec un homme célèbre, M. Arsène Houssaye.

L'homme avait une belle barbe blonde, un
paletot irréprochable, des gants de peau de
chien, une physionomie très-franche et très-
ouverte. Il fut du souper, qui me coûta soixante-
dix francs.

Inutile d'ajouter que Sosthène se crocheta
au sortir du cabaret avec les balayeurs, et
que son ami, qui n'était pas plus Arsène Houssaye que je ne suis M. de Loménie, s'éclipsa.

Quant aux drôlesses, elles prirent fait et
cause pour Sosthène qui les violenta, et monta
ivre-mort dans un coupé que j'avais fait ar-
rêter en bavant son adresse au cocher.

Arrivé chez lui et toujours candide, je l'ai-
dai à se coucher..

Il allait mettre la tête sur son grabat,
quand d'une voix clapissante il me demanda
cent sous.

Je les lui refusai.

Alors, savez-vous ce qu'il en advint ? Sosthène ouvrit sa porte et me pria de sortir. Au
moment où je franchissais le seuil, je reçus
un coup de pied... quelque part, et la porte
se referma.

Oh ! alors, je l'enfonçai, cette porte. Je
l'avoue, ce fut la première fois de ma vie que
je portai la main sur mon semblable, et soli-
dement, je vous prie de le croire.

Mon semblable cria à l'assassin ; je redes-
cendis, et, depuis, je ne le revis plus.

Hier, seulement, en ouvrant un journal, j'ai

appris qu'il avait insulté un de nos confrères, un brave et digne garçon qui a beaucoup souffert, et qui, cependant, dans ses jours de souffrance, a partagé son pain bis avec lui.

Sosthène est journaliste, c'est à un petit journaliste qu'il appartient de le flétrir.

En terminant, je puis affirmer une chose : c'est que Sosthène est le seul, parmi nous autres de la petite presse, qui ait de si grosses infamies sur la conscience.

Voilà son signe particulier à lui.

ADRIEN MARX

La biographie de ceux qui viennent de
naître est courte. Mes lecteurs voudront bien
m'excuser si je glisse sur celle-ci avec la ra-
pidité de l'éclair.

Adrien Marx est né en 1838. Il allait être
docteur en médecine quand, se mettant devant une glace, il fut frappé du peu de gra-
vité de son port et de ses allures.

Quel homme se fut fié à son bistouri?...
Quelle femme l'eut pris pour son confident

avec sa moustache naissante, ses yeux de
vingt ans tout grands ouverts, son front ra-
contant tout haut sa pensée ?

Il quitta donc les hôpitaux, et, comme sa
nature l'avait toujours porté à la fréquentation des gens de lettres, il tailla une plume
avec son scalpel et s'en fut postuler la place
de critique des Délassements-Comiques au
Messager des théâtres. Au bout d'un an, la
littérature des fournisseurs assermentés de
ce théâtricule l'ayant écœuré, il frappa à une
autre porte.

Cette porte, on la lui ouvrit aussitôt. Elle
donnait accès dans le cabinet de rédaction
du *Boulevard*, journal auquel il collabora
activement, en y versant chaque semaine de
spirituelles nouvelles à la main et des articles
de genre reproduits, pour la plupart, dans les
Histoires d'une minute, ce volume si lestement
enlevé et auquel je ne reconnais qu'un tort,
celui d'être illustré par Gustave Doré.

Quand *le Boulevard* eut sombré, Adrien

Marx fut enrôlé au *Figaro*, où il n'a cessé d'é-
crire depuis très-irrégulièrement.

Le Diogène, *le Nain jaune*, *la Vie parisienne*
ont également accueilli sa prose facile, légère, et toujours frappée au bon coin.

Enfin, voilà quatre mois qu'il est attaché à
la Nation comme rédacteur politique chargé
de la chronique départementale.

Avec Henri Rochefort, il a fait représenter
aux Bouffes-Parisiens une opérette très-ori-
ginale : *le Premier avril.*

VICTOR KONING

Victor Koning est aussi un débutant, un étudiant en littérature, je vais donc le croquer en quelques secondes, certain d'avance qu'il ne se fâchera pas, car il est homme d'esprit et de bon sens.

Koning est né à Paris en 1842; à quinze ans, il débutait dans *le Diogène*.

Quelque temps après, *le Figaro*, *le Tinta-marre* et *le Nain jaune* imprimaient ses arti-cles, qui plurent beaucoup au public. Il avait conquis un bon rang dans le bataillon de la petite presse militante, ce que comprenant Jules Prével, la place de chroniqueur assermenté du *Figaro Programme* lui fut octroyée avec toutes ses immunités.

Victor Koning est le Timothée Trimm du *Figaro-Programme*. Tous les jours, il tient ses lecteurs au courant des faits et gestes de quiconque à Paris possède un nom connu du public ; il parle du livre nouveau, de la pièce ou de la danseuse en vogue, du scandale du jour, et tout cela avec beaucoup de tact et infiniment d'esprit. Les coulisses des théâtres, les cabinets des directeurs ou des éditeurs, les loges d'artistes, les ateliers, les imprimeries, n'ont pas de mystères pour lui, et il les dévoile quelquefois au grand mécontentement de ces messieurs et de ces dames, mais toujours à la grande satisfaction du public parisien, avide de nouvelles.

Victor Koning est très-lu.

Il a fait représenter cinq pièces : *Dans une*

boutique, *un Monsieur tombé des nues*, *une Niche de l'amour*, *Prise au piége* 'et *les Serments d'ivrogne*.

Un volume de lui, publié chez Dentu et intitulé : *les Coulisses parisiennes*, obtint, il y a quelques mois, un succès de bon aloi.

J'en souhaite un semblable aux *Confessions d'une comédienne*, actuellement sous presse, et qu'il a dû choyer avec toute la tendresse d'un jeune père de famille dont le premier-né, bien joufflu et bien portant, a si vite grandi.

Signe particulier : Victor Koning ne demande qu'à être pris au sérieux.

ERNEST BLUM

Je voudrais affirmer à mes lecteurs qu'avant d'être vaudevilliste et petit journaliste, Ernest Blum a été conseiller d'État ou percepteur des contributions, que le couplet suivant, qu'il a fait chanter aux Délassements dans une de ses quatre cent soixante-dix-sept pièces, me donnerait le démenti le plus formel :

Air de Téniers.

Quoi! clerc d'huissier, serait-ce là mon crime?
Chère Clara, n'allez pas me blâmer,

Timbre vaut mieux que papier qui s'imprime ;
Chère Clara, laissez-moi vous aimer.
Regardez-moi, j'ai quelque charme en somme ;
Ne fuyez pas votre amoureux transi.
Bien qu'on soit clerc, on peut être honnête homme,
Saisir les gens avant d'être saisi (*bis*).

En effet, Ernest Blum a aidé un huissier de
Paris dans ces pénibles fonctions qui consis-
tent, en vertu des articles du Code, à forcer
un débiteur insolvable à satisfaire un créan-
cier impitoyable.

Je lui pardonne.

Blum a vingt-huit ans et toutes ses dents.

Né le 15 août 1836, il s'imagine, chaque
année, en voyant les illuminations gouverne-
mentales, qu'on fête son anniversaire. C'est à
Siraudin qu'il doit cette douce illusion, ne la
détruisons pas.

Sa première pièce, *les Malheurs de Canichon*,
fut jouée à Bobino. Dix-huit printemps avaient
à peine folâtré dans sa chevelure, et cepen-

dant, voyez comme cet enfant était précoce :
quelques mois après, les Variétés jouaient de
lui un charmant petit acte qui est resté au
répertoire : *la Femme qui mord.*

Ernest Blum lâcha alors l'étude de son
patron, préférant aux calembours de son
maître clerc ceux de MM. Cogniard, et aux
grincements de dents des victimes du papier
timbré le sourire des pensionnaires femelles
de M. Léon Sari.

Les Délassements, les Variétés, les Folies-
Dramatiques, le Palais - Royal, la Gaîté,
l'Ambigu-Comique s'adressent volontiers à
lui lorsque le besoin s'en fait sentir.

La Petite Pologne et *Rocambole* ont établi sa
réputation comme auteur dramatique, voyons
le petit journaliste.

Le petit journaliste, nous le devons à Albert
Wolff. C'est lui qui le prit un jour par la
main, lui fit monter les cinq étages de l'hôtel
Colbert et le présenta au rédacteur en chef du
Charivari.

Dans le journal de M. Huard, Ernest Blum publie des romans fantaisistes très-remarqués et très-lus. C'est court, spirituel, cela repose presque toujours sur la pointe d'une aiguille, mais cela a du torse, comme dirait Vavasseur des Fol...-Dram...

Au *Figaro*, Ernest Blum, après quelques articles de genre, voulut un jour mordre aux *Échos de Paris*.

L'imprudent! Dès les premières lignes, il dut y renoncer à la suite d'une provocation à lui faite par Lambert Thiboust, duquel il avait dit : « L'auteur des *Filles de marbre* se porte bien, il adore les beefsteaks aux pommes.

« Une provocation pour cela! s'écrie-t-il, c'en est trop, j'aime mieux m'en aller. Et dire que je rêvais d'imprimer dans mon second numéro que Thiboust est capable des plus grandes folies pour un homard, sauce rémoulade! Mais alors il aurait donc égorgé ma concierge? »

Ernest Blum a écrit les *Mémoires de Rigol-*

boche, pour lesquels il a été plus agoni que s'il avait été Rigolboche elle-même. Il s'en est consolé en encaissant quatre jolis billets de mille francs avec lesquels, a-t-il dit, à défaut de la considération qu'on me refusera dans l'avenir, je pourrai m'acheter des chaussettes dans le présent.

Signe particulier : Ernest Blum, d'une nature des plus inoffensives, est capable de rendre des points pour la douceur à tous les moutons du Berri.

ARMVND LE GALLAIS

Qu'est-il allé faire, celui-là, dans la galère politique? S'est-il pris au sérieux pour avoir tartiné, dans l'*Écho de la Presse, la Nation* et ailleurs, en faveur de la Pologne et de l'Italie? Que fait-il aujourd'hui dans le journalisme industriel et commercial? Aspire-t-il à prendre du ventre?

A la bonne heure, ce serait un vœu légitime.

Grand, sec, maigre, orné d'une paire de

moustaches et d'une rosette multicolore, voilà l'homme au physique. Bon garçon, d'ailleurs, trop même, car lorsqu'il dirigeait la *Chronique Parisienne*, il accueillit, dans ses colonnes, une foule d'illustres inconnus, ses camarades, qui, à l'heure présente, ne se souviennent pas plus de lui que le public ne se souvient de leur nullité.

En 1848, il débarqua à Paris, rêvant naturellement la gloire. Un voyage en Suisse vint le refroidir. Egaré un beau soir dans les neiges, il faillit y rester, et se sauva du coup en Touraine, pour y défendre la veuve et l'orphelin ; puis, jetant aux orties la robe d'avocat, s'endormit deux ans dans les colonnes du *Journal d'Indre-et-Loire*.

Mis en rapport avec un célèbre pamphlétaire par notre regretté camarade Duckett, il revint à Paris en 1859, et publia *les Contemporains populaires*.

Dans *la Chronique*, qui suivit de près, Le Gallais publia plusieurs nouvelles, indépendamment d'une foule d'articles sur les sujets les plus divers.

Que n'est-il resté des nôtres ?... mais la tarentule politique le piquait. Aspirant à régenter l'Europe, il fut, en 1862, l'un des fondateurs de *l'Écho de la Presse*, devenu depuis *la Nation*. Sans doute, il eut le mérite de rester libéra₁ dans les feuilles autoritaires, et d'avoir du style dans un genre où tant d'autres s'en dispensent. Cependant il a disparu de la feuille créée par lui, et parle aujourd'hui, dans un journal spécial, *l'Échange*, du capital et de la monnaie !!!

Signe particulier : Depuis sa sortie du collége, Armand le Gallais a en portefeuille des monceaux de romans, de nouvelles, de drames, de comédies. Faites, mon Dieu, qu'ils y restent !

AMÉDÉE BLONDEAU

Plus que tout autre, Blondeau doit figurer dans notre panorama des petits journalistes, étant haut comme la botte d'un cent-garde, — un centimètre de moins que Victor Koning..

Après deux années de service dans la presse départementale, où ses articles lui valurent l'amitié de Victor Hugo et surtout d'Auguste Vacquerie, dont il est l'admirateur enthousiaste, Amédée Blondeau vint à Paris, et ne tarda pas à se mêler au mouvement de la

petite presse, où sa verve et sa bonne cama-
raderie furent aussitôt remarquées. Il a publié
en 1862 une brochure intitulée : *le Fauteuil
de M. Scribe. — Qui diable va s'asseoir dedans?*
qui passa inaperçue. Depuis, il a collaboré
un peu partout : au *Diogène*, au *Messager des
théâtres*, à la *Discussion*, au *Sifflet*, au *Figaro-
Programme*, au *Nain jaune*, au *Hanneton*, etc.

Amédée Blondeau plonge en outre dans des
correspondances de province, où il aborde
alternativement la politique, la littérature et
les beaux-arts.

Garçon d'intelligence, chaud de cœur, vail-
lant d'esprit, il arrivera s'il veut travailler
plus sérieusement que jusqu'à ce jour.

LE TINTAMARRE

Très-ennuyé de parler de mes confrères et de moi, je ne vois qu'un moyen de sortir d'embarras : celui de rejeter sur un autre toute la responsabilité des éloges qu'on nous doit.

Touchatout, mon confrère, a publié en vers la biographie des hommes d'État du *Tintamarre*; elle a paru dans les colonnes aristophanesques de ce journal, qui ne compte rien moins que vingt-cinq années d'existence.

Je publie les vers de Touchatout (lisez, cher lecteur, *Bienvenu*) en le remerciant de tout mon cœur de cet emprunt forcé, mais qui sauve ma modestie et facilite singulièrement ma besogne.

Tout le monde est-il bien assis?... Nous allons commencer. — Nous recommandons à l'honorable *socilliété* le silence le plus complet : les binettes qui vont défiler devant vos yeux sont les plus sérieuses de l'époque ; le public est donc prié de se découvrir. On pourra remettre son chapeau quand nous en serons aux académiciens.

En avant la musique !...

Mesdames et messieurs, ceci vous représente,
    Unis par une étroite entente,
L'illustre

COMMERSON

        et ses petits enfants.
Tous bien venants,
Tous bien portants.

Remarquez du patron la gaîté paternelle ;
Il chérit les petits qu'il couvre de son aile,
Les nourrit, les protége et même, quelquefois.
Corrige vertement les écarts de leurs voix.

Voyez les grands ciseaux qu'il porte à sa ceinture ;
C'est avec eux qu'il rogne, et plus d'une coupure
Fait rager ceux qui sont *à la ligne,* parfois,
Mais ne fait rien du tout à ceux qui sont *au mois.*

Allez !... la musique.

Attention, mesdames et messieurs, à ce tableau touchant !... Regardez à côté du patron :

A droite, vous voyez, tenant son portefeuille,
Et le faisant craquer des *Plats du jour* qu'il cueille,
      Le ministre favori ;
C'est

LÉON ROSSIGNOL,

                   Notre bébé chéri.
De ce brun chérubin, la figure avenante
Dissimule assez bien une humeur massacrante ;
      C'est un bon enfant
     Avec les petits camarades,
Mais, ses *Plats du jour* sont assez souvent
     Bourrés de ruades.

> Et quand sur le dos
> De l'un de ces sots
> Qui viennent, nigauds!...
> Braver sa mitraille,
> Notre ami Léon casse un de ses mots
> Nous disons en chœur (est-ce assez canaille!...)
> C'est bien fait pour lui, fallait pas qu'y aille.

R-alllllez!... la musique.

Nous allons continuer, mesdames et messieurs, la revue de cette curieuse galerie d'hommes illustres qui se réunissent chaque semaine au premier étage de la rue Coq-Héron, n° 5, pour y délibérer sur les générations spontanées et le gouvernement de Pépin le Bref, comparé à celui des îles Malouines.

Voici, d'abord, à la droite du grrrandissime Commerson (Saluez!...) le nouvel Administrateur du *Tintamarre* :

C'est

EDMOND THION

qu'on le nomme

Mais, nous ne pouvons en somme

Rien dire quant à présent.
C'est sans doute un charmant homme;
Cependant, attendons, afin de savoir comme
Il traitera pour nous l'article: *Appointement.*

Et allez donc la musique !...

Mesdames et messieurs, vous avez à votre gauche le bonhomme :

E. MARTIN

Une bonne pâte, celui-là ; qui vous dit des énormités sans sourciller et fait ses articles sans plus y penser qu'un peintre qui met une chambre en couleur.

Remarquez près de lui, mesdames et messieurs, le camarade :

SIMON

Un vieux de la vieille qui mijote, en ce moment même, un *Sur le pouce* abracadabrant.

Puis le copain

MAXIME

Qui a de bien bonnes araignées dans le plafond, mais les prodigue peu.

Musicien ! arrêtez !...

Mais arrêtez donc, que diable ! que nous présentions à l'honorable assistance une des belles pièces de l'établissement.

— Comment ! vous finissez votre air ?... Qu'est-ce que cela signifie ?... Vous le finirez tout à l'heure, votre air ! voilà-t-il pas une belle merveille !... Silence donc... avec votre moulin à café, et place aux poëtes !...

Mesdames et messieurs, admirez ce col.sse ;

C'est l'ami

BRIOLLET

Sur son crâne, la bosse
Du *pavage* apparut dès un âge précoce.

A quinze ans, il s'établit
Paveur dans *sa chambre* et fit,
A table et jusque dans son lit,
Métier d'enfoncer dru, sous forme de satire,
Bon nombre de pavés dont l'univers put rire.

Allez, la musique !...

Voici, messieurs, à côté de Briollet, l'immortel

JOSUÉ BLUMENTHAL

Il fait les coulisses de la bourse à l'usage des gens qui ont du trois pour cent et des *mobiliers*.

Si vous avez des fonds à placer, il vous indiquera la *bonne endroit;* quant à moi, je n'ai pas encore eu l'occasion de lui demander le moindre conseil à ce sujet.

Roulez, musique !...

Vous avez devant les yeux, intelligente

assemblée !... le critique théâtral de notre boutique :

C'est

LAFORÊT

qu'on le nomme
Et *Léon* qu'on le prénomme... ...
Acteurs et chanteurs de ses vérités
Redoutent souvent les sévérités.

Une rude rime, hein !... messieurs et mesdames ?

Plus loin c'est

FAULQUEMONT

raconteur plein de charmes :

Plus loin encor

MERCIER

qui cause des alarmes
Aux charlatans du jour, pris de l'ambition
D'enfourcher le dada de *l'admiration.*

Puis voici

TANTINET

> qui toujours interroge;
Prodigue de critique, avare de l'éloge;
Plus d'un qu'il apostrophe en ses nombreux *pourquoi*,
Plutôt que d'y résoudre aime mieux rester coi.

Admirez, messieurs et dames,
Près de ces habiles lames,
Les amis obscurs,
Collés vers les murs.

Là c'est

LUILLIER

> le fantaisiste;

Ici

LE D'HUY,

> plus réaliste;

A côté, c'est

BAPAUME

> heureux vaudevilliste;

Derrière, c'est

GAUTHIER

et, certes, dans la liste
Nous en oublions
Et des bons!

Enfin, là, dans un coin,

TOUCHATOUT

l'homme austère.

Un peu moqueur
Mais sans aigreur.

Il serait moins bavard s'il savait mieux se taire [1];

---

[1] Ce vers est de moi, j'en accepte toute la responsabilité. — Notre peu modeste collaborateur avait mis:

« Un spirituel garçon, charmant de caractère. »

Je n'aime pas ces manières-là.

COMMERSON.

Oh ! mon Dieu — dites-vous — comme il fait la grimace !
Chut!... ne l'effrayez pas, il rime un : *Ça m'agace !*

Et allllez !... la musique, pour la sortie !...

Mesdames et messieurs, c'est pour avoir
celui de vous remercier.

LES PETITS JOURNALISTES

DE DEMAIN

Ils sont nombreux.

Ne pouvant faire pour chacun d'eux une biographie particulière, je les réunis en un seul chapitre, accordant à chacun quelques lignes seulement.

Dans ce livre que, selon mon habitude, j'ai peu travaillé, j'ai oublié bien des noms célèbres, j'ai laissé de côté bien des grands petits journalistes; ceux que j'appelle des petits journalistes de demain ne se plaindront donc pas.

Je commence par

LA GAZETTE DES ÉTRANGERS

—

MAILLARD

Georges-Charles-Edmond Maillard est né en 1838.

Employé au ministère du commerce, il a quitté l'administration au bout de trois ans pour entrer au *Progrès de Lyon*, où il a tartiné des chroniques locales.

Le Boulevard, le Tintamarre et le *Figaro* ont publié quelques-unes de ses élucubrations.

Ses articles de la *Gazette des étrangers* sont très-lus ; il a du brio, de l'entrain, de l'honnêteté.

FÉLIX SAVARD

En 1858, Savard publia son premier article dans *le Gourmet* de Charles Monselet.

Tour à tour rédacteur du *Bon-Diable*, du *Figaro-Programme*, de la *Revue des beaux-arts*, du *Diogène*, du *Gaulois*, de la *Causerie*, du *Hanneton*, Félix Savard, d'une nature très-doucé et des plus inoffensives, a su se concilier l'estime et l'amitié de tous ses confrères.

Au dire de plusieurs d'entre eux, c'est un garçon qui ira loin.

Nous verrons.

ARMAND GOUZIEN

Musicien, homme du monde, vingt-six ans, — pas de corset.

Il est né à Brest, adore les pommes de terre frites et la musique de Gounod.

Il est l'auteur de la *Légende de saint Nicolas*, un petit chef-d'œuvre que toute pensionnaire échappée du couvent est heureuse de chanter faux dans le salon paternel.

C'est une nature franche, sympathique et loyale.

OLIVIER PICHAT

Journaliste par occasion, peintre par vocation, sportman par instinct.

Fait le Sport à la *Gazette des étrangers*. Ne
manque ni d'originalité, ni d'esprit, mais
aime trop les chevaux et est trop enclin au
tutoiement.

Il porte de grandes moustaches et Alfred de
Dreux aux nues.

FERDINAND SILAS

A écrit un peu partout.

Est à cheval sur sa langue et connaît toutes celles qui se parlent depuis le détroit de Gibraltar jusqu'aux monts Ourals.

Je lui reproche deux défauts : celui d'avoir un organe désagréable d'abord, et, ensuite, celui de rêver chaque jour des perfectionnements impossibles à réaliser. — Je n'ai jamais compris ses cors à pieds artificiels, ses œils de perdrix en acier fondu.

Ferdinand Silas prétend avoir trouvé le moyen de conserver les cadavres. En trouvant celui de les faire revivre, il serait un peu plus dans le vrai.

Aux physionomies plus ou moins curieuses que nous venons d'examiner, qui de face, qui de trois quarts, il convient d'ajouter quelques profils qui ne sont dénués ni de mérite ni d'intérêt.

Voyons donc les petits journalistes du journal

LA COMÉDIE

—

PAUL FERRY

Le grand Mapoli de cette feuille est le jeune Paul Ferry, pâlot, aimable, hospitalier ; classique par l'éducation, plus romantique qu'il ne le veut par la forme, original et incisif, appelé, dit J. Janin, à être un jour plein de lumière et de bruit.

Paul Ferry commence à faire autorité en matière d'art ; il finira, grâce à son indépendance, qui lui a valu l'honneur de deux procès, par mourir millionnaire ou bien contrôleur de l'Odéon.

ANDREI

Romancier, critique et savant sans avoir l'air de s'en douter ; encyclopédie vivante, homme universel, musicien, peintre, numismate, archéologue ; de même que son copin, Ch. Lucas, voit tout, entend tout, et n'en est pas plus fier.

EUGÈNE LEVERD

Excellente nature, mouton qui veut se déguiser en spadassin.

Ses articles sont très-remarqués. — Il sait écrire, et son style vigoureux, implacable, a souvent fait, sans qu'il s'en doute, de nombreuses victimes.

Directeur du Cercle des Sociétés savantes, quai Malaquais.

LOUIS GUIBERT

Grand, sec, anguleux, Louis Guibert a l'air d'un héron.

J'ai lu de lui un volume de vers.

Ce volume n'est pas tout à fait un chef-d'œuvre, mais je le préfère, et de beaucoup, à ses articles.

MARET LERICHE

Physionomie particulière dans le monde des petits journalistes. Il s'est fait principalement l'historiographe des théâtres subventionnés. — Chaque année voit surgir de lui les exercices des grandes scènes, notamment de l'Odéon et de la Comédie Française, en comptes-courants; il fait leur inventaire, suppute leurs travaux, proportionne les nombres de représentations, les parts du temps consacré au genre, les fait passer au

crible des circulaires ministérielles et des
clauses des cahiers des charges. Esprit militant et positif, on lui doit sur le théâtre et sur
les expositions des Beaux-Arts des travaux qui
font honneur aux tendances statistiques de
notre époque.

Bienveillant à l'extrême pour les faibles,
il est impitoyable pour les privilégiés du sort
et de l'administration.

On n'est pas parfait.

FIN

TABLE

Imprimerie de L. TOINON et Cie, à Saint-Germain.